书后的故事

书后的故事

俞晓群　著

华文出版社

图书在版编目（CIP）数据

书后的故事 / 俞晓群著. -- 北京 : 华文出版社，2022.4

ISBN 978-7-5075-5575-2

I.①书… II.①俞… III.①随笔 - 作品集 - 中国 - 当代 IV.①I267.1

中国版本图书馆CIP数据核字（2022）第025371号

书后的故事

作　　者：俞晓群
策　　划：草鹭文化
责任编辑：方昊飞
特约编辑：董熙良
装帧设计：蔡君音
出版发行：华文出版社
地　　址：北京市西城区广外大街305号8区2号楼
邮政编码：100055
网　　址：http://www.hwcbs.cn
电　　话：责任编辑 010-58336269　发 行 部 010-58336202
总 编 室 010-58336210
经　　销：新华书店
印　　刷：北京博海升彩色印刷有限公司
开　　本：787mm×1092mm　1/32
印　　张：9.625
字　　数：160千字
版　　次：2022年4月第1版
印　　次：2022年4月第1次印刷
标准书号：ISBN 978-7-5075-5575-2
定　　价：68.00元

序：鲜嫩六十年

毛　尖

俞老板就是俞晓群，他的身份履历非常漫长，我说得清的是两个，当年《万象》掌柜陆公子背后的男人，以及现在草鹭文化背后的男人。

俞老板祖上和明代俞大猷有些关联，我特意去查过俞大猷画像，面若重枣，唇若涂脂，能文能武，亦庄亦谐，全部可以拿来形容俞老板。因为在上海有分号，俞老板经常南下，我们在上海平时不怎么主动见面的一帮朋友也得以时常聚谈。俞老板进来，有时红有时黄，男性能把这两款颜色穿得甜萌又躁动的，全世界就两个，一个是孙悟空，一个是俞晓群。俞晓群落座，就招呼同行的利总给大家发新书，利总身强体壮口无遮拦，一句“三十岁的老娘们”直接炸了桌上女性，不过也因为他八字硬朗直来直去，才架得住俞老板天南地北飞来飞去的好体力。这些年，被俞老板拖瘦拖残的男人，也是一部出版血泪史。

出版这行业，谁干谁炸裂。好不容易做小伏低跟作者谄媚好，一校指出几个雷区，二校提示一些敏感，再跟作者哈哧哈哧沟通好，要是恋人早就拳脚相向了，但也还要微笑着说谢谢您的谅解，然后九九八十一难终于成书，第二天发现网上流出电子版。五十块钱一杯咖啡，没人有意见，五十块一本《不愧三餐》，还有人犹豫。俞老板看着生气，索性恶向胆边生，来来来，一不做二不休，我们来做一千元的特装书。他自己设计图像自己追踪工艺，王强的真皮版《书蠹牛津消夏记》做成后，连董桥都很艳羡，用陆灏的说法是，“一套书放入封套中，书与封套几乎没有缝隙，其中空气慢慢溢出，书会渐渐下降，直至落到封套底部”。这要说的是人皮，就是黄赌毒。

做书就是俞老板全部的淫欲。这么多年，俞老板的作者有些结了三四次婚，有些换了五六个女朋友，就像子善老师这样心里只有张爱玲的，也在很多其他女作家身上花了时间，俞老板却孙悟空一样，心里只有唐僧。哦，错了，孙悟空还曾经动过一次心，《西游记》七十二回，七个蜘蛛精沐浴，孙悟空一旁偷窥，竟吟出一段香曲：“褪放纽扣儿，解开罗带结。酥胸白似银，玉体浑如雪……”后来他还变成一只老鹰，将她们的衣服叼走。具体详情，看俞老板的《初读五记》，他在里面专门谈了女人。

俞老板谈女人，也孙悟空一样，满满少年气。整本《书后的故事》（简称《故事》），写了他几大遗憾，比如遗憾没有见过弗·胥特芬（Franz Staffen）插画的《浮士德》原书，而其中最真切的一个遗憾是，他一直为诸葛亮妻“黄氏丑陋而抱憾”，而更令他有抱憾终身之感的是，“不知其丑到何种程度”。我想起小时候，学校里传灵桥下有个卖棒冰的女人是全宁波最难看的，但是她每天很早就收摊，放学是看不到的，我们前后桌四个人，竟然逃课长途奔袭一节课的时间去看了一下，回来以后添油加醋讲给同学听，搞得全班同学分批次都去朝拜了一番。这种事情，只会发生在天聋地哑的童年，成长后的美学越来越狭窄越来越庸俗，只知道看流行美女。英国、日本影视能高其他国家一头，其中最重要的一点是，他们留守了生命的天真气，呵护了丑的天籁和动人，在美学光谱上占了全球首席。而俞老板身上最美好的一点也是这个，他身心灿烂又辽阔。

当年做《万象》，他和陆灏两人吵到拍桌子，陆灏直接骂他昏君，他后来也还是笑嘻嘻，“沈公安慰我说，至少陆灏还认你是君”。这是俞老板，和陆灏这样“只吃小时候吃过的菜”的作男，都能厮守三十年，没有一颗大心脏，早就彼此冰棍了。也是这个原因吧，我们在岁月里老去一年又一年，但俞老板却涂了防冷蜡似的，一年比一年鲜美，尤其这些年，常穿嫩黄T恤出场，搞得傅子这样的上海滩风流代表，也只能让出C位。不过，看完俞老板的《故事》，才能真正明白为什么他的保鲜期那么长。

俞老板爱动感情。整本书，俞老板前前后后哭了十多次。父母杀小鸡，他哭。买回家的小鱼死了，他哭。哥哥姐姐下乡劳动，他哭。看《三国演义》，读到姜维一生才华却在举兵之时心痛病发，被乱兵所杀，号啕大哭。看《水浒传》，一百零八将最后被宋江带去接受招安，不久逃的逃伤的伤死的死，再次哭成狗。知天命的年纪，其实最怕示弱，尤其男人，怎么好意思说自己爱哭，但俞老板无所谓，天性中的情感法则高过后天的世故教育，他心里一直住着一个曹丕似的宝玉。《三国演义》中，曹操打败袁绍，曹丕在断壁残垣中，发现蓬头垢面的甄氏，“以衫袖拭其面而观之，见甄氏玉肌花貌，有倾国之色”。搞得俞老板也打小落下坏毛病，看到女孩面容不洁，就想衫袖拭之。而在象征的意义上，“衫袖拭之”的愿望，成了他人生的基本冲动。

他大学读的是数学，最初的著述都关乎数学，他看马克思，也首先关注马克思的《数学手稿》，而数学，在本质上，就是对宇宙的一次擦拭。后来他一路成为辽宁教育出版社的社长，海豚出版社的社长，一路他向天南地北的作者发出集结令，然后把大家擦拭整洁，集合在万象书坊、海豚书馆里。内心深处，他始终是那个试图重新创造世界的男孩，他的整个童年时代，最高光的一刻是，全家下放到农村时，有一次他骑独轮冰车，被一群孩子堵到田埂旁。这个时候，他加快速度，“双手一撑冰钎子，跳过田埂，飞到另一块水田的冰面上”。当时，旁观的社员一阵欢呼，什么都比他强的哥哥也在其中。

这一刻，世界被他擦拭得焕然一新，而我相信，他后来的全部努力，都试图重返“飞到另一块水田”的那一秒钟。或者换句话说，这个被我们叫作俞老板的男人，如果你“衫袖拭之”，就是少年俞晓群。至于这本书，会用九十二个故事告诉你，为什么这个男人可以鲜嫩六十年。

目录

下编
书后的故事

上编

六十杂忆

本命年

我属猴，今年是本命年。许多朋友劝我，身上要着红色，否则不吉利，对此我一直不大在意。如果不计出生那年，我已经度过了五个本命年。回忆一下，我哪年挂过红色呢？

一九六八年，我的第一个本命年。那时“文化大革命”已入高潮，“打倒封资修”口号震天响，谁还敢提十二属相？至于身上挂红的习俗，我更是闻所未闻。由此种下我的观念，不大恐惧那些禁忌。但在那一年，我还是记得一件终生难忘的事情，我家四个孩子，大姐在读高中，大哥在读初中，他们都不能再读书了，要被送到农村去，接受贫下中农再教育。那天妈妈带我去给哥姐送行，中学操场上挤满了人，开始我还很害羞，躲在妈妈身后，哥姐抱起我亲一亲，就登上大卡车。车一开动，我蹲在那里号啕大哭，妈妈含着泪，赶紧拽起我向校外走去。哥姐年龄大我许多，我从小儒弱，他们是我的保护神，我的精神支柱。现在他们走了，我感到天空坍塌了一半。我记得前一天晚上，爸爸还鼓励哥姐说：“咬得菜根，百事可为。”但妈妈的眼里，一直含着泪。两年后我们全家都被迁到农村，妈妈还是把哥姐聚拢过来，她说孩子在眼皮底下，即使苦一些，她也心安。

一九八〇年，我的第二个本命年。此时我作为七七级大学生，正在师范大学数学系读大三。这可能是我一生中最快乐的时光，从没想到过“辟邪”一类事情。唯一的不快是那年年初，我的数学分析没考好，只得到六十几分，没得优等。我是一个极度要强的人，为了这件事情，十几年后我还做过噩梦，梦见我又去参加数学考试，试卷一打开，什么求极限、微积分、实变函数，竟然全忘了。那位给我六十分的老师站在那里，满脸蔑视的表情。说实话，当时教过我的数学老师有几十位，如今我能记清楚的，只有这位扣分者，我对这位老师由不满到愧疚，他使我一生做事，不敢再有一丝松懈。

一九九二年，我的第三个本命年。此时是我做辽宁教育出版社（简称辽教社）副社长第六个年头，上级领导通知我，让我去辽西地区扶贫一年，手头的出版工作都要放下。当时我编书已经初见起色，有名的书如“世界数学命题欣赏丛书”“中国地域文化丛书”和“国学丛书”。最让我难过的是在这一年年初，“国学丛书”在人民大会堂召开新书发布会，当时我只能坐在农村工作队的炕头上，从央视新闻联播中看到那一段盛况。说实话，在家人的关照下，这一届本命年，我人生第一次挂红，系上一条棕红色的皮带。起没起作用呢？不知道。但我暗自努力，在这一年中，将一部二十几万字的著作《数术探秘——数在中国古代的神秘意义》写出来，两年后在北京三联书店出版。

二〇〇四年，我的第四个本命年。我在前一年离开辽教社，到辽宁出版集团工作。这一年，我一本书也没编成，辽教社以往的项目却纷纷出现问题：其一，大批图书版权流失；其二，《万象》杂志转给北京工作室；其三，“幾米绘本”决定不在辽宁出版了。年初，陆灏写给沈昌文一封信，其中可见当时的境况：“我们与辽教的合作关系，似乎已到了‘鸡肋’的境地：食之无味，弃之可惜。我真不知道当年领风气之先的俞社长葫芦里到底埋了什么药。”这一年，我的著作《数与数术札记》三十几万字完稿。

二〇一六年，我的第五个本命年。我一丝红不挂，心情却坦荡了许多。十二年一个生命周期，正与天地星辰相对，五次循环就满了一个花甲。回首过往，我自总结，人生蹉跎，其实事事都在个人奋斗，怕什么都没有用。

名字与痦子

在我出生之前，我们家已经有四个孩子了。大姐、大哥、二哥和二姐。据说爸妈最初的人生计划，就是养育四个孩子，最好两男两女。现在目的达到了，自然不会再有我的降临。所以直到前些天，二姐还摸着我的头说："多亏当年老妈坚持，不然哪还会有这么好的老弟？"二姐所言出于两个原因，一是二哥悠悠在很小的时候就病逝了，妈妈为此受了刺激，一口咬定悠悠哥还在人间，所以她见到路上有人抱着小孩儿走，就会追上去，看一看是不是她的小悠悠。正是因为摆脱不掉丧子的思念之情，所以妈妈才怀了我。二是妈妈怀我时已经三十多岁，那时算大龄了，身体又不太好，妈妈曾经动了不要我的念头，当时爸爸在外地学习，有一次妈妈甚至上了手术台，最终还是被领导拉了下来，领导说道："老俞不在家，你不能自作主张。"这样才有了我的诞生。

我出生后不久，爸爸学习结束回到家中。当时被哥哥姐姐们围着，好一阵子亲热。突然妈妈说："里屋还有一个小四呢，你还没见过。"这时爸爸才想起我来，妈妈对爸爸说："你不在家，还没给小四起名字。"爸爸说："已经是一群孩子了，就叫小群吧。"直到此时，我才名正言顺。

后来，外婆还对我们家孩子的名字，有过一段逐一评论。大姐叫安娜，大哥叫小平，外婆说，安安稳稳，和和平平，都是好名字；二姐小时候爱哭，爸爸给她起名字叫小勇，希望她能勇敢一些，外婆也说很好。只是那位早逝的二哥，名字叫悠悠，外婆说这个名字不好，悠悠，多不安稳啊。但她说，小群这个名字不错，兄弟姐妹互相扶持，将来一定会幸福。外婆的话没有大道理，却一直留在我们的记忆中。后来我的儿子毛毛，他的名字是他外公起的，让人想到一根洁白的羽毛，在蔚蓝色的天空中飘荡。毛毛成年后，果然喜欢独处，喜欢四处游走。我们留不住他，还开玩笑说，都怪当初没给他起一个安稳的名字。

这也让我想起一段故事。那是在二十世纪九十年代末，辽教社的一位老社长，他的名字叫贾非贤。有一次，我们在北京召开"国学丛书"编委会，主编张岱年先生听到"贾非贤"三个字，对贾社长说："贾姓最难起名字。你的名字起得好，你的父亲一定是读书人吧，否定之否定。"

我出生时，左手的虎口处，即大拇指根部，长着一颗小豆粒大小的黑痣，北方叫痦子，深深地印在皮肤之中。医生开玩笑说："这个孩子丢不了了。"后来妈妈也对我说："这个黑痦子是妈妈送给你的记号。"由于我是左撇子，做许多事情都用这只手，虎口处经常会弄破，时而那个黑痦子的颜色也会变淡，但慢慢还会恢复过来。

我十八岁中学毕业，跟随知识青年大军下乡务农。有一次干农活，我弄得满手血泡，虎口处几个大血泡高高鼓起，弄破了又长出新的血泡。后来大块的皮肤渐渐脱落，长着痦子的那块皮肤也坏掉了。皮下露出嫩嫩的新肉，我仔细观察，那个黑痦子没有了！当时我很失落，还打电话对妈妈说："妈妈对不起，您给我的那个痦子没有了。"过了一段时间，伤口长好了，有一天我突然发现，那个痦子又从新肉上浮现出来，当时我高兴得几乎落下眼泪。直到现在，那个黑痦子还在，只是三十年前妈妈去世后，它的颜色越来越淡了。

逃　学

我读小学三年级时，“文化大革命”开始了。父亲很早受到影响，我一夜之间成了“狗崽子”。记得生活区一位工人，他经常做好事，助人为乐，被称为“雷锋式的好干部”，从前我一见到他就喊“好干部”，他也会满脸微笑，摸摸我的头，或者把我抱起来。但某一天早晨，突然一切都变了。我去上学，又见到那位叔叔，就喊着“好干部”扑过去，没想到他一把将我推开，嘴里还说着：“去去去！”

接着，学校也出了问题。红小兵，红卫兵，都没有我的份儿。记得我一位同班同学，从小学到中学，他都是我最好的朋友。我们经常到彼此家里去玩儿，在家里吃饭。有一天，他爸妈突然不让我进他家门，因为他根红苗正，我们阶级背景不同，要划清界限。从此他开始一天天冷淡我，后来他当上红卫兵中队长，每天穿着一套军装，带着红袖标，拿着一杆红缨枪，在学校门口站岗，我走过去时，他像不认识我一样，板着脸，目视前方！此生我永远都记着他那副表情，想当初我们一起玩耍时，是何等轻松愉快啊！现在怎么了？以后只要他在那个门口站岗，我会绕到别的门口入校，还会远远望一眼他那站得笔直的身影。可是有一天，他的爸爸被打成现行反革命，从此他消失了，据说父母劳改，没人管他，只好将他送回老家。

那时我爸妈去了牛棚，哥姐下乡，只有我与二姐在家。二姐十五岁，上高中，还要给我做饭。有时我饿极了，二姐回来我就哭着埋怨她。当时二姐也入不了红卫兵，被称为"可以教育好的子女"。二姐心眼实，文章和字写得好，做事很努力。我记得有一年除夕夜，"最高指示传下来"，二姐又被叫去挨家挨户宣传。家里只有我一个人，坐在灯下看书。邻居家的叔叔是造反派头头，但他们家人很好，回民，对我们一直客客气气。那天晚上，他们家吃团圆饭，那位阿姨看我吃不上饭，就送来一小碗羊肉馅饺子，我几口吞下去，肉蛋的馅，太香了。半夜妈妈从五七干校回来，她惦记我们，一看这景象眼圈都红了。可是二姐还没回来，妈妈拉着我，到二姐的学校去找人。那时"破四旧"，街上没有一点过年的气氛，路灯昏暗，静悄悄的。妈妈害怕，就拿起一根棍子，我说别害怕，我是男的，但那时我只有十二岁。学校没有人，我们又去二姐同学家敲门，就这样折腾到快天亮。

我在学校也受歧视。一次分座位，说我连红卫兵都不是，没人愿意挨着我坐。我当时气哭了，拒绝独坐，老师说那你就到前面站着，我整整站了三天，没人理我。此时我开始有了反叛情绪，怎么反叛？逃学。那时妈妈已经从牛棚放回家，我每天早晨背着书包出门，就去黄土山捉蛐蛐。直到老师派两个小女生来告状，妈妈才发现我逃学。她批评我，我不听，还让小兄弟扔石头打那两个女生。有一天早晨，妈妈突然跪下，满眼流泪说："小四，再难受也要上学，不然你将来怎么做人啊？"当时我吓坏了，也跪下来，从此再没逃学。

后来我们全家被迁到农村。爸妈还是经常挨批斗，我的反叛也由逃避变为对抗。有一次老师正在上课，我骑着自行车被同学推进教室，车被学校没收了，从此出了名。但学习成绩还很好，上课专门挑老师毛病。语文老师是一位中年男士，面色黝黑。有一次上课，同学们看到他脸上有一道挠痕，就在下面议论纷纷，与语文老师同村的一个男生说，他老婆很厉害，一吵架就要挠他的脸。我们正谈得兴起，老师黑着脸走过来，一顿臭骂，把我们都赶出教室。

还有一次，语文老师讲课文《我的一张大字报》，他深情朗读:“全国第一张马列主义的大字报和《人民日报》评论员的评论，写得何等好啊！”他把“啊”读作“he”第四声，我当即接话:“哪有你那么读的啊？人家夏青……”老师气得脸色灰黑，大喊一声:“滚！”我就像小明一样滚出教室，上山玩去了。

战　士

我父亲和岳父都是当兵出身，但是不知为什么，他们都不愿意跟我们谈当年打仗的事情。比如老爸，我最初只是听到爸妈拌嘴，妈妈说：“你当年参加抗日救亡运动，不就是打小旗的么？哪里打过日本鬼子？”老爸反唇相讥：“是啊，我是做宣传工作，鼓动爱国青年上前线。但我领导的游行队伍中，女学生最多了。”于是又引来老妈一阵嘲笑。老妈去世后，老爸极其感伤，当年的拌嘴，都成了美好的回忆。所以老爸九十几岁时接受记者采访，发表的文章题目就是《打小旗的人》，其中也寄托了他对老妈的怀念。

确实，老爸从军，做的是文化工作，没参加过作战。那做什么？我从史料上知道，他曾经在江浙一带参加世界语与抗日救亡活动。其中有一位名人叫许晓轩，他就是《红岩》小说中，许云峰的原型。我还知道，老爸曾经跟陶铸办《老百姓报》。二十世纪八十年代初，我到辽宁人民出版社当编辑，当时还有两位老总杨静仁、杨耶，都在《老百姓报》报社工作过。但老爸到底摸没摸过武器呢？我们一直很好奇。后来终于有一天，老爸给我讲了一段他“打仗”的故事。

那是“文化大革命”时，我们全家被迁到乡下，有一天晚上，只有我与老爸在家，没有电，我们摸黑躺在炕上。老爸突然兴奋起来，开始讲他当年的一些往事。他说抗日救亡，许多青年人跑去参军，也有往延安跑的，他们几个青年人在上海，邓颖超开的介绍信，也走上去延安的道路。没想到半路遇上日本军队，他们跑散了，老爸被日本伪军抓去修筑工事。一天晚上，他不甘心这样下去，就偷了两颗手榴弹跑了出去，结果落入一条两米多深的壕沟里，同时被伪军连长发现了，他们向壕沟里开枪，老爸说子弹在他身边飞来飞去，他当时嗓子干得要冒火，就扔出一颗手榴弹，但是没爆炸，结果枪声响得更紧了。老爸只好喊话：“连长别打了，我投降。”连长停止射击，放下梯子，老爸又扔出一颗手榴弹，这一回炸了，他听到上面大叫一声，就没动静了。老爸赶紧将梯子移到壕沟的另一侧，爬上去跑了。讲到这里时，屋子里漆黑一片，我看不见老爸的脸，但我至今记得他急促的呼吸和激动的声音。我知道老爸是一个文弱书生，不会开枪，也不会打仗，这是他第一次、也是最后一次投弹，那位伪军连长死没死，他也不知道。

后来我结婚了，我的岳父是一位真正的战士。他身材高大，有一只胳膊被子弹打中过，导致肌肉萎缩，成为荣誉军人，二等甲级。岳父为人极好，常言说在外面勇敢的人，对家人会非常温和，岳父就是。他祖籍山东，祖先兄弟二人习武为生，后来随一位王爷到内蒙古一带戍边。遗传基因代代相传，后代个个强壮，香火旺盛。我曾去那里移坟，与两支后人相见，大漠荒原，几十号人丁团聚，热气腾腾。

岳父喜欢喝饺子酒，我时常陪上一盅。有一次我问，您在荒漠之处，何以出来当兵呢？他说家乡确实很少有人出来，只是有一年冬天一大早，他去很远的井口挑水，遇上一个日本兵，看他身体强壮，要把他带走。他不肯去，日本人用枪托打他。那时他血气旺盛，拎起一把铁锹，把那个日本兵劈倒。结果回不了家，只好去当兵。我问他怎么受的伤？他说自己后来枪法极准，有一次与日本人遭遇，他在一个房顶上狙击敌人，没想到日本狙击手也很厉害，一枪打中他的左胳膊，离心脏只差几寸，把他从房子上掀下来，滚到地上，跑不了了。没有办法，他只好拿树枝挑一件军衣晃动，引诱日本狙击手露头，他才忍着疼痛，一枪干掉了那家伙，死里逃生。

小人书

回忆早年读书，父亲历来反对看小人书（即连环画）一类童书，尤其是反对看断章取义、戏说式的历史故事。所以在我们家中，几乎见不到小人书，反而使我对小人书充满了神秘感。

记得在我六岁时，妈妈经常带着我去一家菜市场买菜，那个地方叫小白楼。市场外面有许多人摆地摊儿，卖什么的都有，其中有几处租看小人书的地摊儿，最让我感兴趣：一位脏兮兮的老爷爷坐靠在墙脚下，他面前铺着一块大白布，上面摆满了花花绿绿的小人书，有打仗的，有杀仗的，有故事的……几分钱租看一本，即看即还，不能拿走。解释一下，那时的孩子给小人书分类，把用枪炮作战的称为“打仗的”（热兵器），把用刀棍厮杀的称为“杀仗的”（冷兵器），没有战争内容的称为“故事的”。

虽然爸爸反对，妈妈却惯着我，有时路过那些书摊儿，她也会蹲下来，陪着我看上几本小人书。但有时她有事情，就会不同意陪我看书，拉起我就走。有一次把我气哭了，妈妈说那也不行，她还要急着回家做饭、上班。到家之后，我实在忍不住，恰好见到桌子上有妈妈买菜剩下的五分钱纸币，就偷偷地拿起来，独自奔向小白楼。

小白楼离我家大约有二三公里的路程，还要穿过环城路，路过一个一望无际的垃圾场，上面经常落着一群群的黑乌鸦。我一个六岁的孩子，一上路就有些害怕，终于见到那个小人书摊儿，赶紧把五分钱递到老爷爷手里，我拿起几本小人书翻看，却全然没有了与妈妈一起阅读时的快感。看了几眼，扔下书就往回跑。到家后，我见到妈妈急坏了，她搂起我的屁股就是两巴掌，记得那次挨打我没有反抗，还拼命扑到妈妈的怀里痛哭一场。当时妈妈指出我的两个错误：一是私自拿家里的钱，再就是离家出走。我真心承认错误，而一路上产生的恐惧感，在我幼小的心灵中，形成了一个巨大的阴影，我一生都无法消除。

说段题外话。妈妈带我去买菜的那个“小白楼”，很有些来历。“九一八”事变后，日本关东军军部驻扎在沈阳塔湾，就是在那座垃圾场附近。我出走的那条路，日本人曾经从这里开进沈阳城，因此命名为“大宝街”。抗战胜利后，人们改称为“雪耻路”，现称华山路，那座“小白楼”就在这条街道上。根据记载，它原来是“皇姑屯第六警察公署小白楼分所”，为二层砖混结构楼，正南呈半圆弧形，外罩白色。据称日伪时期，百姓对此处十分恐惧。坊间传说，当年小凤仙落难，来到沈阳投奔张学良。后来下嫁给一个工人，就住在小白楼附近，直到终老。我记得小时候，那座小白楼还在，后来城市改造拆掉了。再后来“文化大革命”爆发，小书摊儿也被“破四旧”赶走了。

读到这里，你可能会问：那你父亲主张读什么书呢？我记得他曾经称赞过三套（类）书：一是中华书局的《中华活页文选》，那时我不能全读懂，哥姐们是要认真阅读的；二是中华书局的“中国历史小丛书”，吴晗主编，我的许多历史知识，都是从那里得到的；三是大学问家写的童话，比如鲁迅的《故事新编》，还有叶圣陶的《叶圣陶童话选》，还有伊索寓言、安徒生童话、格林童话等。我家四个孩子都喜欢叶圣陶的书，阅读时，我们不约而同地在封面上，写下自己的名字和学号。我是家中最小的一个，也就成了此书最后的拥有者。后来我又把它送给儿子。有一天我发现，儿子用一个白纸条贴在封面上，把“前辈们”的签名都盖掉了，却把自己的名字和学号，工工整整地写在那张纸条上。

鸟鱼虫

花鸟鱼虫，我不养“花”，只偏爱绿叶植物。可能北方太冷，也可能黛玉《葬花吟》中那句“花谢花飞飞满天，红消香断有谁怜？”让我中毒。

先说鸟。东北说孩子淘气，最高境界叫“登高上房掏家雀”，其中“雀”读 qiao 三声。所谓家雀就是麻雀，春天它们在房顶瓦片底下做窝，每个窝中会生几只鸟蛋，不久会孵出小鸟。麻雀又称“家贼”，非常机灵，鸟窝很难找到。有几个观察办法，一是看地上鸟屎，二是看瓦缝露出草丝，三是听雏鸟细弱的叫声。小孩掏鸟窝有“四不”：一是鸟蛋不掏，皮太薄，一碰就破；二是太小的鸟不掏，养不活；三是太大的鸟不掏，它会拒绝进食；四是不掏的鸟窝不能碰，一碰会留下人味儿，大鸟再不来孵蛋或喂雏鸟。

我小时生活区都是高高的楼房，上去很危险，还有工人看护。记得有一次，我们爬到两米多高的车棚上玩，工人跑来抓我们，我一着急滚了下去，小腿刮到一根铁钉子上，现在还留着伤疤。

一天我在屋檐下捡到一只小鸟崽儿，是从楼顶鸟窝中掉下来的，它带着黄嘴丫子，毛还没长全，很难看，我给它起名叫“小埋汰鬼儿”。又为它钉一个小木盒，铺上小褥子，每天喂大米饭粒，一见到我，它会张开大嘴要食物。后来它羽毛逐渐长出来，但有一天因为闹肚子，突然死去。我伤心至极，把它连那个小木盒一起埋到树下，独自致悼词说：“树上的鸟死了，开个追悼会……”

再说鱼。我小时喜欢养热带鱼，最初用罐头瓶子，后来妈妈给我买了一个小小的鱼缸。我养的小鱼主要是“火炬”，母鱼长得像小鲫鱼，公鱼尾巴是彩色的，每天追着母鱼游来游去，不久母鱼肚子会变大。热带鱼产子，落地是一条条小鱼，甩一甩尾巴就会游水。但大鱼很野蛮，生下小鱼回头就吃。所以母鱼临产时，要先把公鱼捞出，还要把产出的小鱼及时捞出。临产时间要看母鱼状态，比如肚子的形状、肛门发黑，关键时刻不能睡觉。有一天我趴在鱼缸前睡着了，一睁眼满玻璃瓶中密密麻麻的小鱼，有近百条，也不知被母鱼吃掉几条。

有时妈妈会给我几毛钱，我跑到鱼市上，在人群中钻来钻去。东北很冷，卖家会把鱼放到一个小口的玻璃瓶中，贴肉揣在怀里。你看中哪一条鱼，卖家就会把那条鱼倒在小网中，然后含到嘴里，再吐入你准备好的小口瓶子。我把瓶嘴封好，也贴肉放到怀里，赶紧跑回家。那时瓶盖密封技术不好，经常会漏水。有一次我买了一对“黑玛丽”，没想到走半路水已漏光，情急之下，我把两条小黑鱼含在嘴里，最终还是死了，我只好哭着回家。后来造反派抄家，砸了我的小鱼缸，小鱼都被倒入下水道中。

最后说虫。我养过很多种虫子，最难忘是蛐蛐。小时候我是抓蛐蛐专家，土中的、石缝中的蛐蛐，都有办法弄出来。蛐蛐恋爱时会轻声歌唱，我们称它“过铃”，趴在地上才能听到，此时公蛐蛐会很傻。还有一个办法，运用听诊器原理，将一根手指粗的管子插入蛐蛐洞中，另一端对着耳朵，也能听到过铃的声音。为此我将家中煤气用的胶皮管子都偷出来，用作抓蛐蛐的工具。胶皮管还有一个功能，那就是用它往蛐蛐洞中灌水，或者吹气，把蛐蛐逼出来。

有一年我捉到两只好蛐蛐，一只小黑，在铁路旁捉到的；还有一只大王，在食堂捉到的。大王头大肚大力大，斗架时站着不动，能把别的蛐蛐甩出罐去；小黑铃声清脆，斗架时不停游走，且战且唱，一击致命。但它俩在一起时，小黑一直躲着大王。那一年深秋沈阳武斗，我与哥姐去姥姥家躲避。我舍不得几只蛐蛐，就弄一个大罐子，铺上土，用碎石修一座假山，还种几颗豆芽，把它们都放进去。两个月后回来，我打开罐子一看，蛐蛐都死了，它们几乎都被咬得残缺不全，大王的肚子也被吃空。只有小黑，全须全尾，干死在那里。

另类阅读

回顾一生读书，我得到的结论：只要热爱，阅读的趣味就会一直相随。此时，我想起三段早年的读书故事。

一是遍览诸子百家，我最喜欢哪一家呢？答案是儒家。为什么？因为我自幼成长在“批孔”的环境中。写批判文章，需要读孔子的书，那时我看的《论语》是老爸的书，中华书局《〈论语〉批注》（一九七四年），作者是北大哲学系一九七〇年级工农兵学员。后来我做一辈子出版，时常感叹，除去政治内容，在职业与技术角度看，这本书编得真好。比如我非常喜欢此书最后的三个附录，其中有《春秋形势略图》《古今地名对照表》《〈论语〉主要名词索引》和《〈论语〉主要人名索引》。记得上山下乡时，生产队组织批判“克己复礼”，领导问：“谁能尽快将《论语》中提到的关于礼教的句子整理出来？”我说：“我能。”我马上就从《〈论语〉批注》索引中，找到“礼与好古”条目，共四十七条，当即抄下来奉上。还有，当时我们几位好读书的青年人，最喜欢聚在一起，对说孔子关于“君子与小人”的名言，比如你说“君子怀德”，他对“小人怀土”；你说“君子喻于义”，他对“小人喻于利”等。我每每能够取胜，除了记忆力，那部书的索引也帮了大忙。

二是遍览中国古代四大名著或十大名著，我最喜欢哪一部呢？答案是《水浒传》。为什么？因为“评《水浒》运动”。早年偷读老爸的绣像本《水浒传》是七十一回版，全书写到“忠义堂石碣受天文　梁山泊英雄排座次”就结束了。后来因为大批判需要，社会上出现百回本、百二十回本、前传本、后传本等各种版本，让我一阵疯读，那种痴迷与影响，令我终生难忘。直到二十世纪九十年代，我还在文章《孤灯童趣读书梦》中写道：“那时我不知道《水浒传》还有其他的版本，因此深信那一百〇八位英雄是不死的。后来社会上风行的‘评《水浒》运动’，使我蓦然听说还有百回本与百二十回本，阅罢不禁潸然泪下，它们打破了我儿时构建的精神公理，不死的英雄死了！至今我还常常骂道：‘招安，招安，招甚鸟安！’从此决不再读那书。”

三是我十几岁时无书可读，没有电视，更没有网络，只有几家报纸、电台，时事传播渠道很少。那么我们一家人是如何获得更多的阅读渠道呢？有一个渠道：传单，或曰免费小报。我记得我们买菜的地方，除了前文提到的小白楼，还有一个更热闹的去处，叫“北行”，马路两旁都是卖菜的。那里也是撒传单者的集散地，有在汽车上撒传单的，有骑自行车撒传单的，也有人走到人群中，突然撒一把传单，大家一阵哄抢。爸妈让我去买菜，拎着一个大菜筐，见到传单就抢，各种颜色的，每天带回一大摞，哥哥姐姐们也会带一些回家。晚上我们围坐在一起，分着传阅那一大摞传单，从中了解真真假假的“国家大事”，读罢还要议论一番。有一天，我突然觉得撒传单很有趣，让别人去抢多有满足感啊？就在家中把自己的作业本撕开，叠成传单的样式，有几十张，放到菜筐里，走到人群中突然撒向天空，然后转身就跑。那些不明真相的人一阵哄抢，打开一看知道上当了，开始连骂带找我，我早已经跑得老远。后来我也经常抢到假冒的传单。

还有一次老爸给我一元钱，让我去北行买菜，顺道抢一些传单。我来到菜市场，看到许多人排着长队，把刚刚出版的一组五张“祖国山河一片红”照片请回家，我一时激动，花了六毛钱请回一套。结果菜没买够，晚上做不了饭，老爸无奈地看着我，也不敢说什么。

大寿满百

二○一一年，父亲年近百岁时离开了我们。许多亲朋好友来为他送行，也来安慰我们，说得最多的一句话是：“他老人家大寿满百，是你们家族的光荣啊！”还会说，你们是长寿家族，因为一个人的基因，有百分之七十左右是从前辈那里遗传来的。所以在一个家庭中，遗传的作用无比强大，许多事情都在既定之中。

我们对本家族的人做过了解，俞氏长辈中，长寿者确实不少，几位叔叔姑姑都高龄。此中应该有先天的作用，主要是家族世代生息，没有罹患致命的遗传疾病，最终只是在年老体衰上出问题。当然个体的状态也很重要，生活与社会环境的突变，也会引起个体的突变，恶病会像魔鬼一样找上门来。所以长寿也不是单纯的生理或病理现象，还有多方面的因素。

父亲长寿，除去遗传基因，他健康的生活方式，开朗的性格，追求平淡、平和、平静的心态等，都起着很大的作用。二姐经常说，老爸是智慧人生。确实，父亲总结的生活经验很多，有三条，已经融入我的生命之中。

一是不生气。遇到惹自己生气的事情，尽量回避，尽量不去做。记得父亲有一张二十几岁时的照片，穿着一件长袍，很漂亮。有一次我们问他，那时您很穷，怎么会买得起长袍呢？父亲笑着说，早年年轻气盛，也爱与别人争争抢抢，比如下棋、打扑克等，但后来他发现，自己的性格中有一个弱点，那就是遇到“比赛”性质的事情，他经常会为输赢生气，无法控制自己的情绪。事后思考，自认为人生快乐的事情很多，为什么非要找气生呢？所以有一次父亲挣了两吊钱，就买了照片中的那一件长袍，还去照相馆照一张相，立此存照，发誓此生凡是争输赢的事情，只要能引起自己情绪失控，心情紧张，他一律不再参加，从此一生不变。

在后来的人生旅途中，别人吵吵闹闹、争名逐利，父亲总是看得很淡。心烦了，他会捧起一本书，静静地读上半日。嘴上时常挂着那句话：“争什么？还要生气。”这句话貌似简单，真正做到却很难。你可能觉得有些消极，细细思想，人的一生，有什么事情比生命更重要呢？况且父亲的“不生气”，也有哲理蕴含其中。比如：遇事不攀比；处理事情不正面冲突；获得利益的方法很多，但争抢不如水到渠成；许多时候，你生气了，就已经失败了。

二是七分饱。有一次，一些朋友问我：“你父亲长寿的秘诀是什么？”我回答：“他一生吃饭，都强调七分饱。”朋友们笑着说：“那是说，他一生没吃过饱饭啊！”是这样。父亲对于吃饭的态度，有两个原则：一是遵时，过时不餐。二是定量，再好吃的红烧肉，他只吃两三块，啤酒一次只喝半杯。父亲还经常告诫我们，吃饭要细嚼慢咽，不要暴饮暴食，而我却始终达不到他的境界。至今每当我醉饮时，耳边还会响起父亲的训诫之声：“又在暴饮暴食！”

三是自我养护。父亲一生喜好读医书。“文化大革命”时家里的书被抄走，他买回一本厚厚的《赤脚医生手册》，家里谁生病，他都会整夜翻看，从中查找解决办法。对于疾病的态度，父亲主张相信医生，但不依赖医生，自己的身体状况，还是自己最清楚。他一生坚持不乱吃药，无事不去体检，不住医院。到父亲生命最后一段时间里，他已经很虚弱。哥哥把他背下楼，送到医院中。一天父亲坐在轮椅上，哥哥推着他，在医院廊道里照日光。父亲口中吟哦：“无可奈何花落去。”哥哥接道：“似曾相识燕归来。”父亲叹息：“这一次燕可能回不来了。”

姥爷的字

东北称外公为“姥爷”。我的姥爷是读书人，早年做教师。后来时代变迁，他也曾经在政府工作一个月，因为厌恶世事纷争，他辞职回家，每日读书、写字、修缮古书，依靠儿女接济生活。

我的哥哥是外交官出身，他文章写得好，毛笔字写得也好，从小模仿姥爷的字体，一招一式，颇有几分神似。八年前，哥哥曾经写过一篇纪念姥爷的文章《又从花底叩禅关》，实在好看，让我回忆姥爷时不再敢落笔。现摘录哥哥的部分文字如下：

姥爷写得一手好字，在当时、当地很有名气。我上小学的时候，姥爷特意寄来一幅宋朱熹勉学诗。诗曰：“少年易老学难成，一寸光阴不可轻。未觉池塘春草梦，阶前梧叶已秋声。”那幅字就挂在我的房间里，爸爸还为其配了一副对联：“无事不调皮，有空就学习。”横批是：“学而不厌”。

姥爷的字遒媚秀逸，结体严整。小时候，我只认为姥爷的字与教科书上的字一样好看。后来学了书法，才逐渐领悟到，姥爷的字有赵孟頫的神韵。可能是从小受姥爷的字影响，后来，我的字竟和他老人家的字别无二致。姥爷去世后，我给老姨写过一封信，她未及开信，看到信封上的字便哭了起来，说：“爸爸已去世这么多年，今天又看到了他的字！”我心自明，我的字和姥爷的字不过形似而已，在神态上却相去甚远。功夫不到，怨得了谁？

二十世纪五十年代的时候，姥爷上我们家串门。那是我第一次见到他老人家。爸爸给了他五十块钱，说是作为零用。但那五十块钱，在当时可不是个小数目。一日，天色将晚，我们都在等姥爷回家吃饭，可一直不见他的踪影。在门前伫立良久的妈妈，忽见一人在暮色中艰难挪步，近前一看，原来是姥爷扛着令人咋舌的一大捆书回来，汗水湿透了他的衣衫，脸上却现出志得意满的神情。他说几乎逛遍了市内的书店，许多书舍不得丢下，越积越多，直到口袋里仅剩坐三站公共汽车的钱。

下车后，又步行了二里多地回家。可谓“家贫不惜买书钱”，也是“君子固穷”的原因吧。

后来发生运动，为我父母的事情，有外调人员几经周折，找到姥爷的家。一个曾经努力回避尘世喧嚣的老人，却终难躲过那铺天盖地的暴风雨。半年之内，外调人员三次“光顾”，一次次折磨着老人脆弱的神经，几个月后，他老人家就归去道山了！姥爷去世后，在清理他的遗物时，亲友们发出同样的感慨，那就是一辈子酷爱书画的姥爷，竟然没有留下一幅作品。姥姥说，在第一次外调人员离开后，姥爷就开始焚烧他的书籍和书画作品，他说他不能再给儿女们添麻烦了！

许多年过去，一谈到姥爷，大家还对没有留下他的墨迹而抱恨。忽然有一天，老爸似有所悟地说，他那里好像有一本多年前姥爷赠送的字帖，或许里面有他的墨迹。老爸将书找出，递给我。字帖的外封是锦缎的，已经残破不堪，封面的题款也已不见了。翻看内文，恰是赵子昂（孟頫）《再和杨公济梅花十绝》的诗稿拓本。翻至卷尾，空白处果然有姥爷抄录的一首诗。诗曰：“踏遍溪桥路几弯，又从花底叩禅关。寒塘细雨三分水，斜日春城一角山。尚有树知前代事，更无人有老僧闲。寻诗倘遇云林社，先哲风流不可攀。”落款为：“右录粟香随笔诗一首，时在一九六〇年七月二十七日（印章）。”这是清末民初诗人金武祥在他的《粟香随笔》中所作。细细品来，颇有避世参禅的味道。

遗　传

我在《大寿满百》一文中提到，一个人的基因，有百分之七十左右是从前辈那里遗传来的。细细思想，在我们的生活中，“遗传”一词始终如影相随，几乎无处不在。这里有真实存在，有望风扑影，还有心理暗示，但无论你的观念是否科学，家家户户，都避不开“遗传”的影响。我自思考，也想到一些日常生活中的遗传故事。

疾病：父母罹患疾病，在我们身上确实会有所表现，但结果不尽相同。父亲胃弱，心脏不大好，我和大姐心脏就不大好；母亲患高血压，两位姐姐没有遗传，我们兄弟俩就未能幸免。有观点说，男孩遗传母亲会多一些，像我们兄弟俩发胖都随母亲，甚至有时我容易呛咳，哥姐也会说是遗传母亲的结果。

性格：父亲性情温和，喜欢安静，母亲性子急躁。我们的性格却综合了父母的特点，平时貌似心平气和，一旦发起火来，又倒向暴脾气一面。其实每遇事情，父母的影子会产生心理暗示，引导你走下去。所以有意识地克服不良情绪和习惯，也很重要。

其他：我平常走路慢悠悠的，哥姐说是遗传母亲。父亲祖籍江苏，老家在江都一带，他的皮肤微黄，俗称“黄白镜子”。母亲祖籍东北，老家在吉林白城一带，外婆姓闵，那里有些村落的人肤色极白，我的外婆和母亲即是。但是，我们的肤色却都随父亲多一些。父母“五音不全”，我们四个孩子都没有遗传；不过到了孙辈，却又出现“五音不全”的现象。

我刚读中学时，个子长得比较高，排球打得好，已经被选入沈阳市区级队。一次辽宁青年队教练来招运动员，他看我反应敏捷，动作奇快，弹跳好，还在打主攻，就希望带我去省体校试训。但一问到我父母的身高，尤其是母亲，他马上说：“儿子随母亲，将来你也不会长得太高，没办法打专业队，还是别干这一行吧。”后来果如其言，虽然我在家里一直是“大个儿”，最终还是没长到一米八〇以上，打不了专业队。上大学时我在校队打二传，参加省市大学生排球联赛，有一点名气。几十年后还有同学调侃说：“我们在大学知道你，不是因为你学习优秀，而是因为你排球打得好。”

母亲三十岁患高血压病，此后生下我，结果我很小就患有青春期高血压。虽然自己没有不适的感觉，但高中时征招空军，我一切体检都合格，只有血压不稳定，只好作罢。后来参加高考，也因为血压高被限制专业，当时我报考吉林大学，分数够了，因为血压单项高没能录取，最后被师范大学数学系超志愿录取。

母亲五十多岁时，一天早晨，只有我与她在家。她在平台上收拾菜叶，准备积酸菜，一低头突然发生脑血栓，口斜失语，开始昏睡。从此身体一天天衰弱，最终导致早逝。这一切都发生在我眼前，因此心中形成巨大的阴影。平时行为举止，我最怕低头，捡东西、系鞋带，我都要先蹲下，因为母亲低头拾菜叶引发脑血栓的那一幕，永远定格在我的脑海中。

母亲常说她生下来很弱小，一位算命先生预测："这个孩子不会长寿，能活到三十几岁就很好了。"所以母亲晚年病重，她开玩笑说："够本了，已经多活二十几年。"记得一九八四年六月，母亲脑血栓复发住院，陷入深度昏迷。一位老专家巡诊，来到母亲病床前，他看到母亲还未衰老的皮肤，不禁叹息说："看她皮肤还那么好，人却不行了，真让人惋惜。"

养　鸡

我小时喜欢养鸡。有一年妈妈买来三只半大的小鸡，让我先养着，等爸爸从“五七干校”回来再宰杀。没想到几个月下来，三只小鸡跟我有了感情，我走到哪里都带着它们，像狗一样不离前后。那天爸爸回来，妈妈拎起一只小鸡，拧着鸡脖子就要下刀，我抱着另外两只小鸡，站在墙角处哭泣。妈妈气得扔下那只小鸡说，算了，不杀了，养着吧。那只幸免于难的小鸡缓过气来，歪着脖子扑向我的怀抱。从此每天我放学回来，三只小鸡都会在院子里溜达，等着我带它们去草地吃虫。但有一天大雷雨，我从学校跑回家，三只小鸡却永远失踪了。有人说见到它们钻过墙洞走了，也有人说大风吹着它们跑出院子大门，我伤心至极，很长时间缓不过劲儿来。

几年后我们家被下放到农村，村里的母鸡抱窝，妈妈买来十多只小鸡崽儿，还有两只小鸭，据说也是母鸡孵出来的，村里人说鸭和鹅不抱窝，只能靠母鸡代劳。儿歌唱道："臭美鸡蛋壳，小鸡抱小鹅。"说的就是这个道理。我们家没有压水井，那两只小鸭整天在邻居家的压水井旁戏水。第二年春天，它们长大了，有一只母鸭肚子很大，村里人说，这种笨鸭子，一年只能在春天下几只蛋，并且愿意在河边"落落蛋"（读 la la dan），意为"走到哪儿下到哪儿"。我们始终没见到母鸭下蛋，直到有一天，哥哥到邻居家的水井挑水，在井沿儿上捡到一只鸭蛋，哥哥拿回家来对我说："这会不会是我们家那只母鸭下的蛋呢？"晚上我们听到邻居家的小妹妹喊着："妈妈，今天怎么捡不到鸭蛋了？"第二天，我们把那只母鸭关在窝里，不让它出去，它呀呀地叫了半天，最后实在憋不住，只好把蛋下在窝里。

我们家几只母鸡经常下蛋，一般连着下一两个蛋后，会歇一两天，接着再下。有一只棕红色的小母鸡，我给它起名叫"小孙悟空"，它最多能连着八天下蛋，虽然蛋越来越小，甚至体内钙不够，还会下软壳蛋。它性情高傲，每次下完蛋会飞到高处，满脸通红，咯咯地叫半天，直到你去赞扬它说，别叫了，你真行！它才会飞下来吃食。有一天夜里，黄鼠狼钻进鸡窝，将小孙悟空咬死叼走，我四处去找，几天后才在玉米地里发现它的残骸，身子已经被吃空。

还有一只黑母鸡叫“大背头”，因为它的头上和腿上，都长着长长的羽毛，当地称之为“护护头”和“护护腿”，头上的羽毛几乎遮住了它的眼睛，像男人梳的大背头一样。有一年春天，大背头下完蛋后不肯离开窝，村里大婶说这是要抱窝了。当时我们家没有公鸡，鸡蛋都是寡蛋（未受精蛋），就去村里找公鸡强壮、鸡蛋大的人家，买来二十几只毛蛋（受精蛋），放到一个草窝中，再放到屋子里的炕角上，大背头就趴上去开始抱窝了。她每天只下来两次，吃食、排泄，而且是飞着下来，飞着回去，一边飞还一边大叫，大婶说它是在警告，不准别人碰它的窝，老母鸡抱窝时，连鹰都不敢惹它。抱完窝后，大背头瘦得一把骨头。大婶说：“鸡蛋吸它的精血啊。有些妇女也会在热炕上用手抱窝，每天去摸这些鸡蛋，二十多天下来，那些妇女也会瘦的，不然鸡蛋中怎么会出血丝呢？”

这窝小鸡长大后，我们留下一群母鸡，还留下一只高大的公鸡大黄。大黄走路趾高气扬，啼鸣嘹亮，它不准别人碰那一群母鸡，家人碰它都会扑上去。后来我们家回城，不能带着它们，就都杀掉了。我记得大黄被人按在地上，它绝望地望着我，死劲一抖，把自己的翅膀都弄断了，我的眼泪也流下来。

归隐田园

我十三岁时，随家离开城市到辽北农村落户。官方称我们“五七战士”，老乡称我们“下放户”。那个村子叫朴坨子，开始我们没有房子，被安排在一个老乡家居住。房东是一对夫妻，带一个和我年龄相仿的男孩，小名叫“老小子”，我们很快成了好朋友。

东北农村的房子大多是三开间，大户人家会有五开间。房子朝南，中间开门，进来是灶房，左右是灶台，上面嵌着两口大锅。从灶房可以进入东、西屋，屋内南面有土炕，炕洞连着灶坑，做饭时烟火就会顺着炕洞，走到两面屋山的烟囱里飘出，土炕也暖和了。土炕用土坯砌成，四季都要烧炕才能睡人，不然会生病。东北民间说：“傻小子睡凉炕，全凭火力旺。”就是这个道理。我父亲是南方人，睡不惯热炕，就在土炕上铺一层木板，但冬天又冻得受不了。我问过当地人，为什么不用砖砌炕呢？他们说砖炕热得快，凉得也快；

土坯热得慢，但保暖持久。

老小子家是村南第一排房子。记得我第一天早晨醒来，推开门一看，漫天皆白，村前大地都被大雪覆盖，一望无际的景色，我在城里从未见过。每天早晨天不亮，老小子会叫着我，挎起粪筐去捡粪，我们跟着马车和牛群后面跑。牛在荒原上吃草，它的粪便呈黑色，在雪地上格外显眼，牛排泄多，一次排便就有小半筐，晾干还可以燃火取暖。夏天我们去割草，最好的草叫“蚂蚱腿”，它生在水塘边，长得很高，秸秆又粗又硬，割一捆扛回来，晾干后可以烧熟一顿饭。干这些活儿我都不是老小子的对手，只是在天热时，跳入村边辽河中，老小子只会狗刨儿，我会蛙泳和仰泳，让老小子羡慕不已。

那时父亲年近六十，他时常平静地对我们说，不要老想着城市生活，我们的先辈就是农民，此后一生务农不是很好嘛？但事情没有那么简单，父亲必须参加劳动锻炼，改造思想。每年冬天，他要到河套子里去背冻土，就是河泥，父亲背不动，只好用土篮子挑。老乡同情地说，别让老俞干了，他走在冰河上直打战，这岁数在村里都是老爷子了。可是那怎么行呢？

有一天五七战士开总结会，表扬父亲劳动努力。接着有一位五七战士介绍经验，说到自己解放前毕业于上海某大学。父亲一得意，随口开玩笑说：“那是一所野鸡大学啊！”这下子完啦，那位五七战士说是污蔑，父亲让人一顿批判，半夜回到家里，脸色煞白，不知是气的还是吓的。母亲埋怨道：你每天发誓嘴里要含一枚铜钱，绝不再乱说乱动，怎么又忍不住了？

快乐的事情也是有的。哥哥弄了个大正琴，像玩具一样，他最爱弹《红河谷》和《胡笳十八拍》，边弹边唱。有时也会引来村里的青年，哥哥伴奏，他们齐声唱道：“学习大寨举红旗，十个姑娘挥镰急。打好农业翻身仗，丰收不忘毛主席。……”

有一年冬日，天气晴好。阳光射进大玻璃窗，炕头儿上暖洋洋的。我们哥俩与父亲围坐在一个小炕桌旁，母亲炒两个菜，父亲高兴，找出一瓶竹叶青酒，举杯讲到当年曹操“青梅煮酒论英雄”，他对刘备说：“天下英雄者，唯使君与操耳。”当时空中响雷，刘备筷子落地，自嘲道：“迅雷不及掩耳。”我背诵书中诗云：“勉从虎穴暂栖身，说破英雄惊煞人。巧将闻雷来掩饰，随机应变信如神。”哥哥一时兴起，对着父亲举杯说：“天下英雄者，唯未平与江耳。”（父亲与哥哥的名字）母亲一旁接话：“胡说，差辈分了。”那片刻的快乐时光，永驻我们的记忆中。

李大爷

二十世纪六十年代末，我们全家被下放到朴坨子村。那时我还在读书，哥姐是下乡知识青年，参加生产队劳动。前些年哥哥曾写过一篇文章《忽一人抗声问曰》，就是回忆那段生活，节录于下：

> 那是我们插队时所在生产队李队长的父亲，一个面容清癯，瘦高个儿的老头。我们都叫他李大爷。刚到村里，便有人给我讲他的故事。他的剪纸远近闻名，还会画庙里的壁画、会扎红白喜事的纸活儿。而他最拿手的还是讲评书。那时，李大爷虽已年逾古稀，可十里八村无论谁家有红白喜事，还都少不了找他帮忙，李大爷总是有求必应。但谁都知道他爱喝一口，帮别人干完了活，只要酒喝不计价钱。他自己只要有了钱，也肯定跑去小卖部沽酒一杯，一饮为快。而且喝过之后常有荒

唐之举。有一次他帮人布置洞房，活儿干得漂亮，主人一高兴送了他一大瓶白酒。他拎着酒乐颠颠地走开了。主人忙着招呼客人，也没去管他。但当新人走进洞房时，却见他躺在洞房的炕上鼾声如雷，旁边是见了底的酒瓶，周围是惨不忍睹的秽物。有鉴于此，他当生产队长的儿子对他严加管束。李队长告诉队里的人，谁也不许给他酒喝，更不许借钱给他。李队长还叮嘱生产队会计，绝不可以给他支取一分钱。儿子的“封杀”让老人家很难过，见人便摇头叹息：“少年贫，不算贫。老来贫，贫死人哪！”可人们对他的喜爱不减。无论他走到哪里，身边总有人围着。因为他有“文化”，谈吐中时时夹杂着《三国》《水浒》《七侠五义》和《封神榜》中的语言，这种语言是那个年代人们自己不敢讲，却暗自欣赏的语言。

那是一个细雨霏霏的下午，我扛着锄头路过生产队队部。茅草做顶的队部低矮陈旧，木制的窗棂狼藉得里出外进，显出破大家的衰败。从敞开的房门向里望去，屋内已坐满了人。老旱烟的辛辣味儿从四面透风的小屋内飘出，弥漫在雨雾之中。正在我以为队里在利用“雨休”开会时，屋里却传出铿锵之声：“忽一人抗声问曰……”我猛然意识到，这是李大爷在讲《三国演义》，并且讲的正是我最喜欢的“诸葛亮舌战群儒”一回。啊，这久违的天籁之音！

我来不及询问李大爷说书的原因，赶紧进屋挤一个地方坐下。李大爷讲的是那么的流畅，几乎与原文一字不差。那沙哑的嗓音激昂高亢，那语调抑扬顿挫，那眼神和表情好像他就是与张昭、虞翻等江东豪杰辩论的主角。众人听得那么入神，张着嘴的，眯着眼的，叼着旱烟袋忘了吸，口水顺嘴流下来的……突然，一声脆响，李大爷的一只瘦手拍在炕桌上：“要知后事如何，且听下回分解！”他十分专业地结束自己的讲述，用手掌代替惊堂木。然后，他不顾众人再讲一段的央求，立即朝向小队会计：“君子一言，驷马难追。给我支钱吧！”原来，李大爷为借几角钱买酒，竟缠了会计三天。那位会计经不起他的苦苦哀求，动了恻隐之心，甘冒被队长暴撸一顿的风险，答应借钱给他，条件是他必须讲一段三国。于是，便有了上述的一幕。

会计很快写好了借据，李大爷颤颤巍巍歪歪扭扭地在借据上签下了自己的名字。从他握笔的姿势和颠倒的笔顺上断定，李大爷并不认识多少字，也定不知道什么

“寿志裴注”，他满肚子的故事应是来自民间艺人的口耳相传。而正是这些民间艺人世代的讲述，在民众心中烙印下一个个鲜活的面容：智慧的孔明，忠义的关公，厚德的刘备，骁勇的张飞，奸诈的曹操……

初读记

早年生活，有一段时间父母去“五七干校”接受改造，哥姐是下乡知识青年，只有我与二姐在家，所以在无人管束、无人指导的情况下，我可以随意翻看父亲的藏书。其实也谈不上藏书，只是被造反派抄家搜去的书，后来又退回几麻袋，堆放在墙角处，我每日从中自由选取翻看，还记过零星笔记。

其一是《一千零一夜》，纳训译，三卷精装，一九五八年人民文学出版社出版。译者是根据贝鲁特一家书店的版本，重新翻译出版，再版印一万五千册。当年我喜欢此书有三点：一是故事，像“尔辽温丁・爱彼・沙门特的故事”，二十世纪七十年代，我外甥女出生时，我还给她起了三个名字，一个叫“东风第一枝”，再有一个叫“王秒针”，还有一个就是“尔辽温丁”。二是词语，书中经常出现大段排比句，对我影响很大。比如我抄下在一座死城中，一具干尸上的一段留言：“你难道不曾看见白发招你走向坟墓，替你散下讣告？……请问：可为后人前车之鉴的古代民族哪里去了？暴虐不可一世的中国古帝在哪里？翁顿和他苦心经营的金銮宝殿在哪里？无恶不作的乃睦鲁德在哪里？反叛成性的法老在哪里？死了，他们全都死了，男女老少死得一个不剩了。”三是书中的插图，它们是根据波斯及印度手抄本复制的，其中有许多彩色插图，还有几幅美丽的裸体画，在那个年代也是稀罕之物。

其二是《浮士德》二卷本，歌德著，郭沫若译，一九五二年新文艺出版社出版。此书一九四七年印两千册，一九四九年印一千五百册；我拥有的这一版印了三千册，由三联、中华、商务、开明联营联合组织，中国图书发行公司总经销。实言之，我最初读此书，重点也在看插图，绘画者是弗·胥特芬（Franz Staffen），最初由德国柏林 Ludwig Schroeter 书店印制。我至今未见过原书，是一种遗憾，即使郭氏译本印刷如此粗糙，依然可以想象原版插图的美丽。尤其是弗·胥特芬绘笔下的圣女和魔鬼，有一种莫名的力量，可以摄人魂魄。至于歌德拉杂的故事，以及郭沫若漂浮的译笔，我一个十岁的孩子，如何能看懂呢？不过书中的只言片语，却像钉子一样，牢牢地钉在我的思想中。比如郭沫若在译序中写道："天上的至尊者是一位'光明圣母'，而不是上帝。"我单纯地接受了这样的观点，直到一九八八年，我在策划"苦丁香书斋"时，其中有一本译著《女性与上帝——中世纪的妇女生活》，我还在封四上印着《浮士德》的结束语（神秘之群合唱）："一切无常者，只是一虚影；不可企及者，在此事已成；不可名状者，在此已实有；永恒之女性，领导我们走。"

其三是《希腊的神与英雄》，劳斯著，周遐寿译，一九五〇年十一月初版，文化生活出版社。书前有译者序，谈到原书名为《希腊的神、英雄与人》，是一本给孩子看的书。著者小序中也说："这些故事是讲给十岁至十二岁的孩子听过的，因了这些小孩们的批评，意识的或非意识的，它曾得到许多益处。"记得父亲推荐我读此书，还告诉我译者是鲁迅的弟弟。译者序中有一段话，颇见周作人的性格，他说有人推介原书，说八岁至八十岁的儿童读了无不喜欢，"我的译本只好请八十岁以内的小孩读了，再讲给八岁以上的小孩听去吧"。我喜欢雅典娜的故事，宙斯的儿子用铁斧劈开宙斯的头，头中跳出穿着甲胄的雅典娜。她是处女神，一生不嫁，为人类做许多好事情。前些年我去雅典，还买回一座雅典娜的塑像。

初读记续

早年读诗，一是父母指教，再一是耳濡目染。那时听读过的东西，往往会终生不忘。我记得哪些呢？原以为只有《望庐山瀑布》《茅屋为秋风所破歌》和《木兰辞》之类，其实不然。

哥哥回忆，父亲教他的第一首诗是郑板桥《竹石》：“咬定青山不放松，立根原在破岩中。千磨万击还坚劲，任尔东西南北风。”因此最初父亲为哥哥起名曰“岩竹”。这首诗见于外祖父藏书《郑板桥词抄、道情、题画、家书》，司徒文膏刻本。外祖父去世后，父亲收藏此书，后来送给我留作纪念。封面书名为外祖父手书，封面右侧还题有“珍本”二字，下有外祖父钤印。《竹石》是一首题画诗，其实郑燮还有另一篇题画文字，亦称《竹石》，极为有名。其文写道：“十笏茅斋，一方天井，修竹数竿，石笋数尺，其地无多，其费亦无多也。而风中雨中有声，日中月中有影，诗中酒中有情，闲中闷中有伴。非唯我爱竹石，即竹石亦爱我也。彼千金万金造园亭，或游宦四方，终其身不能归享。而吾辈欲游名山大川，又一时不得即往，何如一室小景，有情有味，历久弥新乎？对此画，构此境，何难？敛之则退藏于密，亦复放之可弥六合也。”

家中哥姐年龄大我较多，他们读书、写字时，时常会吟咏一些诗词，当时我不全懂文中内容，却在无意中，将许多句子记忆下来。比如哥哥曾读唐代韦庄《思帝乡·春日游》：“春日游，杏花吹满头。陌上谁家年少，足风流？妾拟将身嫁与，一生休。纵被无情弃，不能羞。”大姐还在一旁调侃说：“这女子，脸皮真厚。”我却将这首词久久记忆，至今未忘。

还有哥姐读郭沫若剧本《蔡文姬》，文物出版社一九五九年版。他们时而朗诵，时而也会歌唱起来。我记得他们读《胡笳十八拍》诗句：“我生之初尚无为，我生之后汉祚衰。天不仁兮降乱离，地不仁兮使我逢此时。……为天有眼兮何不见我独漂流？为神有灵兮何事处我天南海北头？我不负天兮天何配我殊匹？我不负神兮神何殛我越荒州？制兹八拍兮拟排忧，何知曲成兮心转愁。”郭沫若在剧本中，借曹丕的口说：“她的胆子真够大，把天地神鬼都骂了。”曹操说：“我欣赏的正在这些地方，但她会受人排斥的恐怕也就在这些地方吧。”这样的情绪，也符合当时运动不断，人们苦闷的心境。

我记得有一天，哥哥在读歌德《少年维特之烦恼》，郭沫若译。哥哥喜欢得不得了，读到激动时，还会以手比作枪的姿势，对着自己的太阳穴，口中默念：“绿蒂啊，永别了！”然后模仿维特自杀的动作，轰然倒在床上。但那天晚上，父亲挨批判回来很晚，面容憔悴不堪，心情非常不好，看到哥哥在读《少年维特之烦恼》，还给我讲，一把将书抢过来，怒吼道：“这是封资修！”随手撕得粉碎。当时我们的抵触情绪很大，我藏在被窝里落泪，妈妈伸手进来，摸一把我的脸，她叹气说：“你们这些孩子，真不懂事啊。”什么事呢？当然不仅仅是因为读书。那是什么呢？那时我们确实搞不清楚。

怎么办呢？哥哥说，读鲁迅吧。那时鲁迅是大受赞扬的，可是有一天，哥哥读到鲁迅的诗，就用毛笔抄写四句贴在墙上：“梦里依稀慈母泪，城头变幻大王旗。忍看朋辈成新鬼，怒向刀丛觅小诗。”父亲看到后，又要撕下来，哥哥说：“不能撕，毛主席说，鲁迅是中国文化革命的主将。”闻此言，父亲笑一笑，没再说什么。

初读三记

前文《初读记》发表，有朋友调侃我早年阅读杂乱，不见条理，正是正是。比如《红楼梦》第五回“游幻境指迷十二钗，饮仙醪曲演红楼梦”，其中诗句很多，我最喜欢哪个呢？正是那副对联：“世事洞明皆学问，人情练达即文章。”这是受父亲影响，他曾经给我们讲解过这副对联的意思，还说贾政管教宝玉，也有他的道理。我知道宝玉不喜欢那副对联，还有那张《燃藜图》，因此他不肯在上房内间歇息。后来换到秦可卿房中，见到唐伯虎《海棠春睡图》，还有宋学士秦太虚写的一副对联：“嫩寒锁梦因春冷，芳气袭人是酒香”，伴着缕缕甜香，宝玉顿时觉得眼饧骨软，便宽衣解带，到太虚幻境去，“因此上，演出这怀金悼玉的《红楼梦》。”

说来“芳气袭人是酒香”一句，我尤其喜欢，它的句式与那句“花气袭人知昼暖”如此巧合，使我牢牢记住。在《红楼梦》中，这后一个诗句非常重要，它道出花袭人名字的来源。宝玉为袭人起名之事，《红楼梦》第三回已经提到；第二十三回写得详细，贾政问道："袭人是何人？"王夫人道："是个丫头。"贾政道："丫头不管叫个什么罢了，是谁这样刁钻，起这样的名字？"王夫人见贾政不自在了，便替宝玉掩饰道："是老太太起的。"贾政道："老太太如何晓得这话，一定是宝玉。"宝玉见瞒不过，只得起身回道："因素日读诗，曾记古人有一句诗云：'花气袭人知昼暖'。因这个丫头姓花，便随口起了这个名字。"王夫人忙又道："宝玉，你回去改了罢。老爷也不用为这小事生气。"贾政道："究竟也无碍，又何用改。只是可见宝玉不务正，专在这些秾词艳诗上作工夫。"说毕，断喝一声："作业的畜生，还不出去！"

此中古人诗句，为陆游《村居书喜》："红桥梅市晓山横，白塔樊江春水生。花气袭人知骤暖，鹊声穿树喜新晴。坊场酒贱贫犹醉，原野泥深老亦耕，最喜先期官赋足，经年无吏叩柴荆。"雪芹改"骤"字为"昼"。其实唐代卢照邻《长安古意》中，也有"袭人"诗句："……寂寂寥寥扬子居，年年岁岁一床书。独有南山桂花发，飞来飞去袭人裾。"此中由桂花引发，更为贴近"又副册"中"空云似桂如兰"诗句，也是另一段巧合。

在《红楼梦》二十八回"蒋玉菡情赠茜香罗　薛宝钗羞

笼红麝串”中，琪官行酒令，又说出“花气袭人知昼暖”，暗藏伏笔，预示他与花袭人未来姻缘。再有第一一六回写道，宝玉再游太虚幻境：“一面叹息，一面又取那《金陵又副册》一看，看到‘堪羡优伶有福，谁知公子无缘’，先前不懂，见上面尚有花席的影子，便大惊痛哭起来。……忽又想起一床席一枝花的诗句来，拿眼睛看着袭人，不觉又流下泪来。”我早年翻读家中一套线装本《红楼梦》，见到父亲在此处书页上注道：“九死一生又副册，雪芹高鹗太难人。”

最后说两段故事。其一，少读《红楼梦》，父亲一直不大赞成。无非是宝玉初试云雨情、薛蟠行酒令和多姑娘一类糗事充斥，怕让孩子中毒。后来我长大成人，心中也有如此顾忌，因此前几年整理出版民国童书，我看到商务印书馆“小学生文库”中，有名家改写“洁本名著”数种，我立即拿来翻印。其二，十几年前我与某领导论辩，曾经运用《红楼梦》中诗句说：“您要知道‘醉金刚小鳅生大浪’的道理！”他说：“我是中文系出身，也读过《红楼梦》。”我说：“那您是白读了！”结果我败下阵来，从此改读《三国演义》。

初读四记

我十岁时，见到父亲书架上有一本萧伯纳剧本《魔鬼的门徒》（姚克译，文化生活出版社一九三六年版）。我被“魔鬼”二字吸引，几番拿起来翻读，终于从中读出一段故事：

力佳得是一个英俊青年，但他是清教徒，玩世不恭，受到人们的鄙视，被称为“魔鬼的门徒”。他的母亲也很厌恶他，声称自己临死之前，一定会诅咒这个儿子。

但有一天晚上，一位名叫安德生的牧师，请力佳得来到家中做客，对他进行说教。没想到恰在此时，力佳得的母亲病危，安德生牧师需要去为她做祈祷，牧师就让自己年轻美貌的妻子，陪伴力佳得吃晚餐，他自己赶去力佳得家中。

正当力佳得与安德生牧师的妻子用餐时，一队士兵闯了进来，他们声称牧师犯了重罪，要被绞死。士兵错把力佳得当成了牧师，要带他走。原本安德生牧师的妻子很讨厌力佳得，视其如魔鬼，此刻她却惊异地看到，力佳得没有说明自己不是安德生牧师，而是拥吻她之后，被士兵们带走了。目睹此情此景，她当时就昏厥过去。

安德生牧师回到家中，见到妻子昏死在那里，最初以为力佳得干了坏事，弄清情况之后，安德生换掉牧师的服装，跑出门去，消失在城市的夜色之中。当时，安德生牧师的妻子以为丈夫吓跑了。第二天，她来到狱中探望力佳得，问他为什么要这样做？是因为爱她么？力佳得答道：“我当时只想到，我是否要把自己的头颈从绞绳的套圈里钻出来，而叫别人的头颈钻进去。我不能这么做，纵然是为了哪一个别人或者谁的老婆，我都不能这么做。我知道自己是一个傻子，但这是我天性中的法律。”

就在力佳得要被绞死的时候，已经成为军人的安德生牧师赶了回来。他救下力佳得，并且最终让力佳得接替了牧师的身份。

这段故事对我影响至深，许多年中我一直在思考：为什么力佳得要将绞绳套在自己的头颈上呢？萧伯纳在评述中强调，这“天性中的法律”才是上等人的作为！为什么？萧伯纳说：“这就是浪漫的哲理！”译者姚克说：“这就是美国独立成功的灵魂！”

早年翻读父亲的书，我还发现一种现象，在他残存的书中，除去一些线装书，文化生活出版社的版本最多。比如一套“译文丛书”，我见到《希腊的神与英雄》劳斯著、周遐寿译，《桃园》茅盾译，《亚格曼农王》爱斯古里斯著、叶君健译，《魔鬼的门徒》萧伯纳著、姚克译。父亲还有一套书：“契诃夫小说选集”，汝龙译，有二十几本，题目如《父亲集》《巫婆集》《三年集》和《儿童集》等，平明出版社出版。但这套书的装帧与文化生活出版社的风格非常相似，它们的用纸都不是很好，设计简单，但版式极其干净，给人以浓浓的人文气息。每本书有一个包封，上面有图书推介和广告；去掉包封，书的封面上只有书名，封底只有出版社的商标。许多年中，我一直认为这些书都是文化生活出版社出版的，后来才注意到平明出版社的名字，又在近些年知道，它们都是巴金主持的出版社。

回忆二十世纪六十年代末，父亲怕惹麻烦，大部分书都放入箱子里封存，只将少数“好书”摆在书架上，像中西名著、红色经典等。今日追思往事，我蓦然想到，上面那些巴金编的书，都摆在书架上。这让我想起几年前，我曾经撰文赞叹巴金既出好书又能赚钱，如今想起父亲的书架，愈发引起我的思考。

老　话

哥哥说，读陈垣《励耘书屋问学记》，受陈先生“勤笔免思”的启发，经常将一个笔记本放在手边，随时记录琐事。

多年下来，哥哥打开笔记本翻看，发现其中记下父亲生前的许多“老话”，读着读着，哥哥落下眼泪，他叹息：“总有一天，我也会对我的子孙，重复父亲，或许是父亲的父亲，或许是更早的前人说过的老话。孩子们会烦吗？也许会，也许不会！可哪一位长辈，会考虑晚生们的感受？他们总是固执地，把老话，把自己视为精华的东西，铺陈在孩子面前。他们怕孩子吃亏！”

哥哥记道：遇到烦恼，父亲说“风吹鸭蛋壳，财去人安乐”；见到房地产热，父亲说“与人结怨，劝人起屋”；谈到处事的态度，父亲说“知足者常乐，能忍者自安”；听到家庭纠纷，父亲说“父子生分只为财”。

关于养生，父亲的老话最多。诸如“吃饭防噎，走路防跌”；“药补不如食补”；“药医不死病，死病无药医”；“神仙也怕脑后风”；“一年又过一年春，百岁曾无百岁人”。这也让我想起母亲去世时，小姨母赶来告别，我们跟她说，为了抢救母亲，医院用了许多好药。但小姨母叹息说：“唉！没用。救了病，救不了命啊。”

有时，父亲也会幽上一默，引来一些奇怪的诗句，调侃眼前发生的事情。比如见到有人涂鸦，他会吟道：“打屁在墙上，为何墙不倒？那边也有诗，所以撑住了。”有人在墙角便溺，他会吟道：“两脚落地八字开，双手捧出祖宗来。此处不是汝祖坟，为何在此哭哀哀？”去理发店理发，父亲说他在南方生活时，有一家理发店挂着一副对联：“问天下头颅几许，看老夫手段如何”。我记得父亲平时好开玩笑，哥哥结婚时，他模仿母亲的东北腔调唱道：“你是一个白眼儿狼，娶了媳妇儿忘了娘。”我结婚时，父亲又没声没调地唱起来，逗得我们大笑不止。

还有许多族亲的老观念，在长辈的头脑中根深蒂固，父母总会把那些老话挂在嘴上。比如“娘亲舅大”“长嫂如母”“两姨亲，不算亲，死了姨娘断了根；姑舅亲，辈辈亲，打断骨头连着筋”。这些都不是空话，父亲晚年，确实格外依赖我大嫂，喜欢听她的意见。大嫂是医生，我有什么难处，父亲经常会对我说："去问一问你嫂子，听一听她的意见。"父亲是一个好老头，他病重时，哥哥要背着他下楼，他说："背吧！你母亲病重时，是小儿子把她背下楼去的。我现在是大儿子背，应该的。"每想到这里，我心中都会好一阵难受，耳边又会响起那句"父慈子孝"的老话。

父亲曾提到祖辈的老话"砚田无税子孙耕"，作为家训，一脉传承。父亲还经常讲到做人的一些道理，像"狡兔三窟""人无远虑，必有近忧""人生如逆水行舟，不进则退""咬得菜根，百事可为"。还有一句"夹着尾巴做人"，那是时代所致，他一生出言谨慎，不肯留下自己的文字，也是一生不敢"翘尾巴"。

我也记得外祖父的一些老话，像"天作有雨，人作有祸""一眼高，一眼低，家中必定有贤妻"。还有一句，是在外祖父与外祖母吵嘴时，外祖父文绉绉地说："常言道：家有贤妻，男人不遭横事。"那时我年纪尚小，不知此言的深意。但有一次爸妈吵嘴，我模仿外祖父的口气，随口说出这句话来，没想到妈妈冲着我大吼一声："滚！"我又像小明一样，笑嘻嘻地滚了出去。

初读五记

初读的记忆，该说一说那个敏感的话题——女人。

那天有朋友问我，你小时候读过《金瓶梅》么？说实话，真的没有。不是不想看，是家里没有。

早年读《水浒传》，几个爱读书的男孩子，能背出一百单八将的绰号，但这不算厉害，还要知道他们背后的女人。比如有五位奇女子，一是武大郎、武松之潘金莲，二是宋江之阎婆惜，三是杨雄之潘巧云，四是卢俊义之贾氏，五是雷横之白秀英。她们个个貌美如花，作奸犯科。当时我们喜欢议论她们的故事，王婆、西门庆和武大郎不招人待见，潘金莲对武松说的那句话“你若有心，吃下我这半盏儿残酒”，却是我们的口头禅。

宋江去东京，见到名妓李师师，一时心事缭绕，写下那首《念奴娇》：“天南地北，问乾坤何处，可容狂客？借得山东烟水寨，来买凤城春色。翠袖围香，绛绡笼雪，一笑千金值。神仙体态，薄幸如何消得！　　想芦叶滩头，蓼花汀畔，皓月空凝碧。六六雁行连八九，只等金鸡消息。义胆包天，忠肝盖地，四海无人识。离愁万种，醉乡一夜头白。”当年举国评《水浒》，这首词很有名，我也会背诵，但想的不是“投降”，而是李师师、宋徽宗、燕青和大宋风光……

《西游记》中杀戮最多，写女人却不精彩，诸如观音菩萨、高老庄翠兰、白骨精一类，都索然乏味。只有第七十二回“盘丝洞七情迷本　濯垢泉八戒忘形”，七位蜘蛛精池水中沐浴，孙悟空在一旁偷窥，吟出一段香艳的曲儿：“褪放纽扣儿，解开罗带结。酥胸白似银，玉体浑如雪。肘膊赛冰铺，香肩欺粉贴。肚皮软又绵，脊背光还洁。膝腕半围团，金莲三寸窄。中间一段情，露出风流穴。”接着悟空变作一只老鹰，将她们的衣服叼走。再接着八戒变成一条鲇鱼精，跳入池中，“滑扢虀的，只在那腿裆里乱钻”。蜘蛛精没有办法，只好放下羞耻之心，露出肚脐，“脐孔中骨都都冒出丝绳”，将八戒盘倒。她们“赤条条的，跑入洞里，侮着那话，从唐僧（吊在梁上）面前笑嘻嘻的跑过去”。读到这里，我分不清楚谁是妖怪，谁是流氓。

《三国演义》中女人不少，有名如貂蝉，我不喜欢，尤其不喜欢司徒王允，他为了实现自己的诡计，先将貂蝉许配吕布，又让她去戏弄董卓，弄得父子残杀。此为《三十六计》中第三十一计“美人计”，所谓“兵强者，攻其将；将智者，伐其情”。办法是“养其乱臣以迷之，进美女淫声以惑之”。我一直认为此计最卑鄙无耻，利用女人做事，算什么英雄呢？

那时郭沫若很赞扬曹操，说他会打仗，会写诗，还不忘女人。我曾问父亲，曹操不忘哪位女人？父亲笑着说，大乔小乔么！我说，那是诸葛亮用的激将法啊！况且曹植《铜雀台赋》也被后人篡改、演义。父亲摸着我的头说，许多历史都是被人篡改、演义的。

《三国演义》中人物，我最敬佩诸葛亮，一直为其妻黄氏丑陋而抱憾，又不知其丑到何种程度，更加遗憾。又言《三国演义》中第一美女不是貂蝉，而是甄氏，我深以为然。曹操打败袁绍，曹丕在断壁残垣中，发现蓬头垢面的甄氏，“以衫袖拭其面而观之，见甄氏玉肌花貌，有倾国之色”，便手按宝剑不肯离去。曹操闻讯也赶来观看：“视之曰：‘真吾儿妇也！’遂令曹丕纳之。”后来还有曹植《洛神赋》的传说，使我愈发相信父亲的历史观。我小时也落下坏毛病，见到女孩面容不洁，就想“以衫袖拭其面而观之”。

爆破手

一九七四年秋天，我中学毕业，与大批毕业生一起奔赴农村，成为下乡知识青年。

那时的政治口号是“农业学大寨，工业学大庆，全国学人民解放军”。大寨的地理环境是“七沟八梁一面坡，层层梯田平展展”；而东北有大片沃土平地，荒山就更多了，人们一到冬天就“老婆孩子热炕头”，不再出来劳作，俗称“猫冬”。

记得有一次，陈永贵到东北考察，批评东北人太懒，要求农民冬天要走出家门，修梯田，修水渠，多打粮食，改变农村落后面貌。为了落实领导指示，一到冬季来临，社员们必须走出家门，推着独轮车，扛着铁锹大镐，打着红旗，上山修梯田，下地筑水渠。而且上级要求，要从国道两侧修起，山上插满红旗，有领导视察的车队经过，还要锣鼓喧天，高音喇叭震天响。

我刚下乡的那年冬天，正好赶上修水渠，我就跟随生产队社员一起，去一处荒郊野外安营扎寨。北方的冬天极冷，大地上的冻土都在一两米厚。冻土极硬，用大镐和铁锹等工具根本挖不动，只好用炸药炸开，再来修水渠。

我们大队民兵连长是军人出身，在部队就搞爆破，他说要带一个有文化的助手，帮助他运算炸药配比和翻炒炸药的温度。大队长推选我，那时我才十八岁，连长不同意，他说城市孩子娇里娇气的，出点事儿怎么办？大队长征求我的意见，我要面子，拍着胸脯说不怕。我们用土办法制作炸药土，就是把化肥"硝酸铵"先在大锅里炒一下，再配入一些黄色或黑色炸药，然后捆成炸药包，嵌入一个连着导火索的雷管，就可以了。

爆破手最怕两点，一是互相沟通不畅，导火索燃烧时间没准，你正点火呢，他的炸药先响了，冻土块漫天横飞，砸在大地上，整个荒野都在颤动。有一次赶上我们旁边的炸药包先爆炸，吓得我们把头钻入土洞中，撅着屁股，像钻入沙堆中的鸵鸟一样。再一是哑炮，你要去排除险情，把炸药挖出来，雷管抽出来。那时要是炸了，非死即伤，我亲眼见到一个爆破手，被炸得腿飞到天上。

每当夕阳下沉时，社员们扛着工具，陆陆续续回驻地吃饭休息。此时各村的爆破手登场了，我们开始挖洞，埋炸药包，约定一二三，点火！炸好了回去吃饭，发生哑炮还要去排除险情，重新点火，不然明天没法干活。不久我和连长大哥成了黄金搭档，成功率最高。邻村爆破手常常沮丧地说："我们的炮又没响！"连长大哥黑黝黝的脸上堆满坏笑，他说："你还没娶上媳妇儿呢，'想'也没有用。"还有一个现象，一两米来深的冻土下面，居然还有青蛙、蛇、泥鳅等活物存在，它们都是秋天钻进土中，像青蛙，还是坐着遁入冻土层下。

一九七五年二月，海城、营口发生大地震，我们的工地也受到波及。那天晚上大约七点半钟，工地正在放露天电影，我扶着一个半腰高的土墙站着。突然矮墙跳动起来，接着大地像安上轮子一样，在咕隆咕隆滚动。咣当一声，电影机倒到地上，接着停电，一片漆黑。耀眼的天光闪现出来，天边有诡异的火光跳动，还伴着轰隆隆的响声。那时我强烈感受到，在大自然面前，人类何其孱弱与渺小，人怎能胜天呢？

记得我们最初的口号是"天大寒，人大干，备战备荒为人民"。地震发生后，改为"地大震，人大干，坚决不下第一线"。但社员还是人心惶惶，也快到开春种地时节，不久我们就收兵回村去了。

初读六记

陈其元《庸闲斋笔记》评《红楼梦》，说道：“淫书以《红楼梦》为最，盖描摹痴男女情性，其字面绝不露一‘淫’字，令人目想神游，而意为之移，所谓大盗不操干矛也。”

陈氏之说有道理，但言《红楼梦》不露“淫”字，就不确切。曹雪芹开篇就说此书“大旨不过谈情”，警幻仙子更是称宝玉“天下古今第一大淫人”，哪里有不露的意思？

早年读《红楼梦》，或择出四大淫人：其一是贾琏，他与多姑娘的故事，再加上尤二姐，还不够淫么？凤姐死了，他又续娶平儿，这是什么世道！其二是薛蟠，他那段曲儿“女儿乐……”，还不够淫么？后来他虐待香菱，最终误娶河东狮子吼，也是报应。其三是贾瑞，他在荣府过道的黑影里，错把贾蓉当成凤姐，一把抱住……，还不够淫么？至于“风月宝鉴”的折磨，更不堪入目。其四才是宝玉，他与可卿、花袭人之事，还不够淫么？只是宝玉之淫，被曹雪芹拉高一个境界，使之在好色不淫、情而不淫和意淫之间晃动，再杜撰出宝黛“还泪之说”故事，读来让人刻骨铭心，想入非非。

所以就“淫”字而言，荣宁二府中，从不操干戈的“大盗”，到舞刀弄枪的“毛贼”，除去被塞了满嘴马粪的焦大，还有门前那对石狮子，谁能躲得过干系呢？

当然《红楼梦》中，“大盗”与“毛贼”也会发生碰撞。晴雯病重，被王夫人赶回家中，宝玉偷偷去看望，结果被晴雯的嫂子堵在房中，搂在怀里，那一幕看得小生魂飞魄散。这也让我想起自己十八九岁时，在北方农村锻炼，有一次挨家挨户做群众工作，遇上几位村里的小媳妇儿，她们看我们几个知青面带羞涩，就跟我们开玩笑说，过来呀，到屋里坐坐。吓得我起身就跑，引来哄声大笑。

近些年我翻印民国著作，有一部《二十四孝暨女子二十四孝图传汇编》，见心居士编，刘中文绘图，吴稚晖题写书名。我们拿来翻印，见到“女子二十四孝”最后一孝为“直言谏父”，它说的是女子兰贞，看到父亲整天在那里批阅《西厢记》《红楼梦》等书，她趁父亲不在，就把那些书烧掉了。父亲问她为什么，女儿说：“你愿意让我做崔莺莺、林黛玉吗？”据介绍，“女子二十四孝”的故事大约成文于晚清至民国初年，可见那时的观点也很奇葩。

另外，就“淫”字而言，蒲松龄《聊斋志异》也有得一比。有人将《聊斋志异》与《红楼梦》文字比较，认为前者之淫，言辞相对文雅，我却觉得，那只是文白的不同取向，不可以高下相较。

当然，蒲松龄旁征博引、叠词造句的本领，实在高超得很，无论多么难言之事，到了他的笔下，都会笑里藏刀，不露声色，隐晦几分。择几个蒲氏言辞如下：阴裁如蚕，嫪毐之目，贯革直入，潜迎就之，断袖之癖，遂相缱绻，色授神与，颠倒衣裳，迭就淫焉，自食便液，触手盈握，触腕崩腾，擂垂盈掬，惊喜拥入，穷极狎昵，醴酒调谑，欢洽异常，狎情荡甚。

再者蒲松龄叙事，每到关键处，往往舍人事而任鬼神，是抒发心性的一种计谋。比如他假狐狸之名，讲了许多奇闻，其中言辞之美，《狐谐》为首；血腥之最，《伏狐》为首；运用之妙，《狐联》为首。比如《狐联》写道，两位狐女向焦生求爱不得，便出上联曰：“戊戌同体，腹中只欠一点”，求焦生对下联；焦生凝思不得，狐女自对曰：“己巳连踪，足下何不双挑”。这副对联，细思极淫，也是中国文字和文言的奇趣。

生 病

我一九七四年中学毕业，跟随知识青年大军上山下乡。临行前，身为老三届知青的大姐不放心，她已经回城当工人，她说城里孩子笨手笨脚，不适应农村生活，不会干农活，事事都要小心。割地时，注意镰刀不要砍在手脚上。上马车时，一定要从后面上，千万不能迎着马车，马是畜生，它随时会动起来。当年大姐青年点的一个小女生，想从前面爬上马车，马受到惊吓，一下子蹿出去，将小女生甩到车下碾死。还有冬天挖冻土时，千万不要围着看人家抡大锤，锤子飞过来会要命的，俗话说："宁看拉屎的，不看打锤的。"

大姐絮絮叨叨，讲了许多提醒的话。当时我没太往心里去，但后来类似的事情都发生了，现在我的手上，还留着当时镰刀砍出的伤疤。还有几次飞来的横祸，几乎致命致残。

一次是我刚下乡不久，生产大队安排我与一位民兵大哥值夜班，就是晚上在村里巡逻。天黑后，我们每隔一两个小时要提着手电筒，在每条街道走一遍，遇到事情及时汇报。巡视完之后，到大队托儿所的一间活动室休息。那里有一个煤炉和一铺火炕，白天有孩子在那里活动，晚上孩子回家了，就成了我们的休息室。有一天晚上，我们俩巡视到下半夜二三点钟，很累了，就给火炉加上煤，盖着大衣，躺在火炕上睡着了。大约四点多钟，民兵大哥起来扒拉我说，他有些头痛，先回家了。我感到昏昏沉沉的，继续睡觉。五点多钟时，天还没亮，社员开始送孩子，托儿所老师也来了，她是一位老知青大姐，大姐推我说，别睡了，这屋里气味儿不对，恐怕有煤气，赶紧回青年点睡吧。我迷迷糊糊爬起来，出门一阵北风吹来，我一阵眩晕，一头摔倒在地上，来了一个狗啃泥，下巴都磕破了。我是煤气中毒，吸几口新鲜空气才缓过来，被人们抬回青年点。

天亮以后，民兵大哥来看我，他满手满脸都是摔伤，是爬回家的。他长得人高马大，肺活量大，睡觉时离火炉近，如果睡到天亮，肯定没命了。我当时很瘦，肺活量小，吸入煤气少，挺的时间长。我说大哥，你怎么不回来叫我？他说摔蒙了，在街上躺了好一会儿，一直蒙头转向，竟然忘了我还在里面。

再一次是三伏天，大地已经合垄，农闲季节到了。北方的盛夏一片寂静，没有蝉鸣，没有鸟叫；夜晚没有风时，你躺在大地里，伴着轻轻的虫鸣，能听到庄稼咔咔的拔节声。那天我们热得受不了，跑去抽水机站，那里在抽地下水浇地，一个大圆池子，水清而凉。我一头跳进去，晚上就开始发高烧，患上大叶肺炎。我记得早年，邻居家的大哥是军人出身，身体极棒。他三十几岁时，冬天卸车脱棉衣，结果患急性大叶肺炎，几天就死了，抛下媳妇和三个孩子。我那一次也好悬啊，大队赤脚医生用中药、针灸都没用。正赶上有汽车拉货，把我带到城里大医院，医生说，再晚一天就没命了。

还有一次是青年点盖房子，我跟车到采石场拉石头。卡车斜停在山坡上，我们抱起石头装车。有一块大石头很重，我把它扔到车厢里，没想到它又滚回来，直接砸向我的左腿，我下意识收腿，石头砸在我脚面子上，还好我的脚也在收缩，没有砸实，不然一定是粉碎性骨折，一生就是瘸子了。汽车把我拉到小镇卫生院，缝了七针，但消毒不好，第二天肿得老高，一跳一跳的痛，只好再去大医院。医生打开一看，创面已经溃烂，缝线都崩开了，里面还包着碎石和泥土。我卧床一个多月，一年中都一瘸一拐，还好后来没留下残疾。

初读七记

早年长辈经常说，读经典，有些章节和诗句要能背诵出来。比如《水浒传》之“林冲雪夜上梁山”和“花和尚倒拔垂杨柳”，《红楼梦》之《葬花吟》和太虚幻境中部分诗句，《三国演义》之“玉泉山关公显圣　洛阳城曹操感神”，云云。

我至今还记得，当年外祖父背诵那段三国故事的语调：“却说关公一魂不散，荡荡悠悠，直至一处：乃荆门州当阳县一座山，名为玉泉山。山上有一老僧，法名普净，本是汜水关镇国寺中长老；后因云游天下，来到此处，见山明水秀，就此结草为庵，每日坐禅参道；身边只有一小行者，化饭度日。是夜月白风清，三更已后，普净正在庵中默坐，忽闻空中有人大呼曰：‘还我头来！还我头来！’”背到最后一句，外祖父加重语气，将“还我头来！”重复一遍，并且将“我”字读作“e”三声，声调悲壮，慷慨激昂！

父辈的指教我很接受，但在日常阅读中，我们还有自己的偏好，有些不入流的“歪诗”，却不用背诵，自然留在心中。比如《西游记》孙悟空面对如来佛，念的那首歪诗：“皇帝轮流做，明年到我家”，十有八九的男孩子会记住。

《水浒传》一百单八将，宋江最爱吟诗作赋。此前谈到，他为李师师写下《念奴娇》，还有那首反词《西江月》：“自幼曾攻经史，长成亦有权谋。恰如猛虎卧荒丘，潜伏爪牙忍受。　　不幸刺文双颊，那堪配在江州。他年若得报冤仇，血染浔阳江口！”接续有诗曰：“心在山东身在吴，飘蓬江海谩嗟吁。他时若遂凌云志，敢笑黄巢不丈夫。”宋江最差的词是《满江红》“喜遇重阳”，满篇媚骨，但有一句甚好：“头上尽教添白发，鬓边不可无黄菊”。

《三国演义》，有三曹在，好诗很多。父亲曾让我背诵“宴长江曹操赋诗”中《短歌行》，这首诗，《红灯记》中日寇鸠山张口就来，我当然不用说。但还有些诗句未必极佳，却很好记忆。其一是刘玄德二顾茅庐，遇诸葛亮丈人黄承彦，听其吟《梁父吟》：“一夜北风寒，万里彤云厚；长空雪乱飘，改尽江山旧。仰面观太虚，疑是玉龙斗：纷纷鳞甲飞，顷刻遍宇宙。骑驴过小桥，独叹梅花瘦。”其二是刘玄德三顾茅庐，诸葛亮一觉醒来，吟道：“大梦谁先觉？平生我自知。草堂春睡足，窗外日迟迟。”其三是周瑜骗蒋干，假装醉酒，舞剑歌曰：“丈夫处世兮立功名，立功名兮慰平生。慰平生兮吾将醉，吾将醉兮发狂吟！”

《聊斋志异》中好诗词、好对联不少，《仙人岛》狂士王勉，一次在仙人面前卖弄才华，作近体诗曰：“一身剩有须眉在，小饮能令块磊消。”仙人解道：“上句是孙行者离火云洞，下句是猪八戒过子母河也。”王勉又作水鸟诗曰“潴头鸣格磔”，一时想不起下句，仙人接续道“狗腚响弸巴”。

再有《三朝元老》中，前明中堂洪承畴降清，后收到一副对联：“一二三四五六七，孝弟忠信礼义廉。”首句隐“亡八”，次句隐“无耻”，匾额“三朝元老”。骂洪氏没有气节，甘做“贰臣”。

《红楼梦》中诗词最多，背诵寻常诗句不足为奇。当初一位大哥考我：“记得云儿的两首曲儿么？”他背出一首：“两个冤家，都难丢下，想着你来又记挂着他。两个人形容俊俏，都难描画。想昨宵幽期私订在荼蘼架，一个偷情，一个寻拿，拿住了，三曹对案，我也无回话。”大哥问：“你会背另一首么？”呵呵，当然。

三本原著

回忆上山下乡出发时，我的行李中放着几本书，其中有三本是马列原著单行本：马克思《哥达纲领批判》、列宁《黑格尔〈逻辑学〉一书摘要》和马克思《数学手稿》，都是从父亲书柜中拿来的。

看到这几本书，您可能会问，十几岁的孩子，看得懂么？确实看不懂，但那时提倡“认真看书学习，弄通马克思主义”，号召人们读原著，所以那个时代的年轻人，拿几本马列小册子在手上，再说出书中的几个名词，或者人物的名字，是很受追捧的，今天叫时尚，那时的表现也大同小异。

比如二十世纪七十年代中期，我下乡的辽宁铁岭地区，出现一位姓S的下乡知识青年，他能大段背诵讲解《资本论》，因此四处讲用，介绍经验。我也去听过，小伙子穿着一身洗得发白的军装，长得很帅，让很多女青年倾倒。但我怎么看他都面熟，终于想起来，他不是阳阳么？他父亲是讲马列理论的教师，他是我哥姐小时的好朋友，我和他妹妹很熟。这小子从小就强记善辩，现在看见他在台上滔滔不绝，我当然也要“见贤思齐”，带几本原著来读。

先说列宁《黑格尔〈逻辑学〉一书摘要》，它是从列宁三本笔记中整理出来的。笔记的封面上写着：“Hegel《逻辑学》第1卷。哲学笔记本。黑格尔、费尔巴哈及其他。”这本书我真没看懂，只记得列宁批注最多的几句话：“批判康德，神秘主义，辩证法，注意，好极了！”还有一段笔记写道：“关于柏拉图，据说第欧根尼·拉尔修曾经说过：柏拉图是辩证法，即第三哲学的创始者（犹如泰勒斯是自然哲学的创始者，苏格拉底是道德哲学的创始者一样），可是那些特别高嚷柏拉图的功绩的人们却极少考虑到这个功绩……”再有一段写道：“在阅读时，这部著作的这些部分应当叫作引起头痛的最好办法！”

再说马克思《数学手稿》，正文讲流数、极限、微积分等高等数学，那时我根本看不懂，只是拿着做样子。但我看到马克思在书中说自己数学不好，他说：“在制定政治经济学原理时，计算的错误大大地阻碍了我，失望之余，只好重新坐下来把代数迅速地温习一遍。算术我一向很差。”恩格斯听到有人批评黑格尔数学不好，他反驳说：“黑格尔的数学知识极为丰富，甚至他任何一个学生都没有能力把他遗留下来的大量数学手稿整理出来。但据我所知，对数学和哲学了解到足以胜任这一工作的唯一的人，只有马克思。”

最后说马克思《哥达纲领批判》，全书不到八十页，其实正文只有二十个页码，一万四千字；其余有恩格斯的序言、马克思和恩格斯的信件、注释。此书中重要人物和概念极多，诸如白拉克、倍倍尔、李卜克内西、考茨基、左尔格、爱森纳赫派、拉萨尔派、劳动是什么、工资规律、资产阶级法权、剩余价值、按需分配等等。你在谈话中能引上一段，会显得很有觉悟和学问。

当然读《哥达纲领批判》，还有另一段情结在起作用。那时父亲在“五七干校”劳动锻炼，非常辛苦。后来读原著，需要讲师，干校中有一位姓 X 的叔叔，他是研究《哥达纲领批判》的专家，因此从干校调回城市学校，给干部和学生讲课。他儿子是我的知青伙伴，这一下他全家都先回城，可把我嫉妒坏了，心想：老爸啊，您的书架上不是也有恩格斯《路德维希·费尔巴哈和德国古典哲学的终结》吗？还有柏拉图《泰阿泰德 智术之师》呢，他们怎么不找您讲呢？一定是您那些古诗、古文背多了，那是封资修啊！

小　芳

写知识青年上山下乡故事，有网友调侃说，别总一本正经，又是锻炼、又是书单、又是理想的，怎么不写一写“小芳”？呵呵，李春波的《小芳》，唤起我们的回忆。那时我们青年点，真有“小芳的故事”，但情节各有不同。

记得有一位大哥S，他是铁岭下乡青年，长得高高瘦瘦，白白净净。他与村里女工组长M恋爱。M是村里第一美女，家里不同意她与知青恋爱，他们说城里的孩子靠不住，不知哪一天就跑了，上哪儿找去啊？还是找一个农村小伙吧。但他们俩却爱得死去活来。一次S回城探亲，M整天到青年点问，他哪天回来？S回乡那天，M穿着粉上衣，围着红围巾，站在村口等着。我们问等谁呢？她面色绯红，笑而不答。恰好M的父亲路过，一顿臭骂，M只好哭着走了。后来S回城接父亲的班做工人，还是把M娶回城里。结婚一年后，他们抱着孩子来看我们，我问怎么样？他说M人真好，勤快敬老。

我们青年点有一位女生 L，她出身大家庭，一副大小姐范儿，走路慢慢悠悠，长得细皮嫩肉，说话轻声细语，平时笑不露齿。干一点农活手就破了，太阳一晒皮肤就过敏。没办法，只好让她留在青年点做饭。但 L 不会做饭，这一切让后院刘大娘看在眼里，记在心上。她每天忙完自己家活儿，就跑来帮 L，做饭炒菜，手把手地教她，有重活就让自己的小儿子 K 来帮忙。K 是我们的好朋友，黑黑瘦瘦，长得很精神，整天脸上挂着朴实的微笑。K 文化不行，干起农活像风一样，干净利落。别人给他介绍几个对象，有钱的，有势的，漂亮的，他都看不上。一次有女方来相亲，问他家有几个存折，刘大娘喊道："老刘，拿一个存折给她，拿那个二百的。"刘大娘声音太大，邻居都听见了。从此"拿那个二百的"就成了村里人的口头禅。就这样帮来帮去，K 跟 L 搞上了。开始刘家其他人不太同意，说这女孩除了皮肤白，啥都不会。刘大娘说："一白遮十丑。"最终他们结婚了。"文化大革命"后 L 回城，K 也借光进城工作，后来很出息，再见面时一切都变了，只有那一脸朴实的微笑还在。

知识青年之间恋爱，有成功的。比如我最好的朋友 X，我们住一个房间，一起劳动，一起回城喝酒、打架。后来他偷偷恋上女生J，很快陷入热恋。那时刚刚恢复高考，X和J父母都是高级知识分子，大家说谁考不上他们也能考上，但最终他俩都没考上。一次我到J家做客，她妈妈说，两个人不好好准备功课，把J锁在房里，她还跳窗跑出去找X。不久他们就结婚了。

当然，没恋爱成的也有。T与M，一个一米八，一个一米七，一个会计，一个出纳。女生M不太漂亮，皮肤黝黑，还有青春痘，身材瘦高。有一次演出，T朗诵极好，但平时口吃；女生表演唱，M领唱："一朵红花开，朵朵放光彩。什么花儿开呀啊？"唱到这里，M大辫子一甩，那风度你永远也忘不了。两个人恋爱很般配，后来为争一个回城名额发生矛盾，从此翻脸，天各一方。许多年后，T做了证券公司总经理，很有钱，M没有了音讯。

还有一个W，面目清秀，颇有才气，几个女生暗恋他。他写了一首长诗《信天游》，将他看重的男生女生都写进去，比喻成不同的花草树木，每人一段。比如一位他喜欢的女生，他写道："万紫千红开不穷，更有鲜花赛芙蓉。芙蓉花呦红艳艳，难耐风雨吹枝干。"好酸，但里面藏着女生的名字，竟然有人私下传抄。

初读八记

记得中学语文课，女老师说："人逢喜事精神爽"，我接上一句"猫儿得势欢如虎"，当时把她弄得一怔，脸都红了，说："你从哪儿弄来这么多混话。"我当时很得意，回家跟母亲讲，母亲说："你这样说话不好，做人嘴不要太臊。"

"臊"是东北话，也称"骚"，读 sao 四声，有说话难听的意思。我上面这句怪话，来自《西游记》六十一回，孙悟空从牛嫂嫂那里抢来芭蕉扇，却不会变小，扛着大扇子在云间行走；牛魔王远远看见，变成猪八戒说："哥哥劳碌太甚了，可把扇子我拿！"此时猴子"得胜的猫儿欢似虎"，也没细看，就把芭蕉扇交给牛魔王。结果让牛魔王一扇子扇没影了。

我很喜欢猴子这句俗语，当然后面孙悟空一句话更好："他恨了一声，跌足高呼道：'咦！逐年家打雁，今却被小雁儿鹐了眼睛。'"在东北，这样的话也称"屁嗑儿"，我十八岁时在农村插队，一位大叔闹着玩儿，要把我推入一个水坑，没想到我身子一闪，他掉了下去。大叔一面往上爬，一面笑着说："靠，老家雀儿没鬼过红赤蔫儿。"此言跟孙悟空的话类似，"红赤蔫儿"是说没长毛的小鸟。

中国古籍，《西游记》中这样的话最多。它们不但丰富了我们的语言，而且对做人做事影响深远。比如：不看僧面看佛面；强龙不压地头蛇；好事不出门，恶事传千里；告人死罪得死罪；放屁添风；画虎不成反类狗；起头容易结梢难；远来的和尚好看经；三年不上门，当亲也不亲；救人一命，胜造七级浮屠；上门的买卖好做；请将不如激将；龙游浅水被虾戏，虎落平原被犬欺；当家才知柴米价，养儿方晓父母恩；君子不念旧恶；虎毒不食儿；好借好还，再借不难；赊三不敌见二；一客不烦二主；世上无难事，只怕有心人；大胆的马流，村愚的赤尻；不受苦中苦，难为人上人；长他人之志气，灭自己之威风；鸡儿不吃无工之食；放了个屁却使手掩着；禽有禽言，兽有兽语；曾着卖糖君子哄，如今不信口甜人；蛇无头而不行，鸟无翅而不飞；莫信直中直，须防仁不仁；手插鱼篮，避不得腥；明人不做暗事，等等。这些语言都融入我们的生活中。

在中学时，老师批评一位同学，他背后跟我破口大骂。

我劝他说:“别这样,‘一日为师,终身为父’。”他问:“这话是谁说的?怎么能把老师当父亲呢?打倒‘师道尊严’!”我说:“这话是猪八戒说的。最初唐僧念紧箍咒,将孙悟空赶走,猪八戒跑到花果山请孙悟空回来,正是说了这句话,告诉那猴子,父子无隔宿之仇,赶紧去救师傅,继续取经。”后来我见到这位同学,他还记得我们这段对话。

还有《西游记》第六十三回,孙悟空与猪八戒把万圣龙王全家都杀了,二郎神细犬咬掉九头虫一个头,猪八戒要追杀,孙悟空说“穷寇勿追”,结果至今有遗种“九头虫滴血”,危害世人。只剩下一个龙婆,猪八戒要杀,孙悟空说留一个活口,回去请功。后来猪八戒又要杀,孙悟空说“家无全犯”,饶龙婆不死。用铁索穿了她的琵琶骨,让她看塔。龙婆答道:“好死不如恶活。但留我命,凭你教做甚么。”这一句“好死不如恶活”,也是一句非常流行的话语。

最有趣是孙悟空、猪八戒和沙和尚闯入三清殿,推倒木像,他们变成三清道人坐在台上吃供果。猴子怕人发现,告诉八戒,后面右手有一个小门,想必是“五谷轮回之所”,将那三尊木像扛到那里去吧。八戒扛着木像,开门一看,骂这弄嘴弄舌的弼马温。哈哈哈,他看到了什么?

初读九记

前文说到，我颇喜欢《西游记》中的俗语。《红楼梦》中让人难忘的话也不少，比如：百足之虫，死而不僵；拔根汗毛比腰粗；白刀子进去，红刀子出来；胳膊折了往袖子里藏；一杯为品，二杯即是解渴的蠢物，三杯便是饮牛饮骡了；千里搭长棚，没有个不散的宴席；一损俱损，一荣俱荣；新婚不如远别；妻不如妾，妾不如偷；妻贤夫祸少；宁撞金钟一下，不打破鼓三千；小鳅翻大浪；扒灰；养小叔子；等等。每一段话语与书中场景联系，都让人浮想联翩。

《红楼梦》第七回，焦大骂的话最有豪气："蓉哥儿，你别在焦大跟前使主子性儿。别说你这样儿的，就是你爹、你爷爷，也不敢和焦大挺腰子！不是焦大一个人，你们就做官儿，享荣华，受富贵？你祖宗九死一生挣下这家业，到如今了，不报我的恩，反和我充起主子来了。不和我说别的还可，若再说别的，咱们白刀子进去红刀子出来！"还有："我要往祠堂里哭太爷去。那里承望到如今生下这些畜牲来！每日家偷狗戏鸡，爬灰的爬灰，养小叔子的养小叔子，我什么不知道？咱们‘胳膊折了往袖子里藏’！”

这让我想起早年在北方，听到邻家两口子打架，阿姨（老娘们儿）边哭边骂她男人：“我怎么你了？养汉子啦？卖大炕啦？”我还问母亲，她说的是啥意思？母亲说都是些脏话，别重复。

《水浒传》中话语，最有江湖气，但句式整齐，言辞文雅。比如我最喜欢的几句：“爹娘生下洒家，堂堂一表，凛凛一躯，自小学成十八般武艺……”还有：“久闻大名，如雷贯耳，今日得见，三生有幸。”鲁提辖三拳打死镇关西后，仓皇逃路，正是“饥不择食，寒不择衣，慌不择路，贫不择妻”——多好的句式。

《三国演义》厉害，其中许多话语流传最广，比如：话说天下大势，合久必分，分久必合；良禽择木而栖，贤臣择主而事；良药苦口利于病，忠言逆耳利于行；生得其名，死得其所；等等。另外，说刘备，会想到“两耳垂肩，双手过膝，目能自顾其耳”，还有“世之枭雄”；说曹操，会想到“治世之能臣，乱世之奸雄”，还有“宁让我负天下人，不让天下人负我”；说吕布，会想到“人中吕布，马中赤兔”；

说曹植，会想到“本是同根生，相煎何太急”；说关公，会想到青龙偃月刀，还有“还我头来”；说张飞、赵云，会想到“吾乃燕人张翼德也”和“吾乃常山赵子龙也”；说诸葛亮，会想到“未出茅庐便知天下大势三分”，还有“鞠躬尽瘁，死而后已”；说孙权，会想到紫髯碧眼，还有“生子莫如刘景升，生子当如孙仲谋”；说周瑜，会想到“万事俱备，只欠东风”，还有“既生瑜，何生亮”；说马腾，会想到“三马同槽”和“锦马超”。说阿斗，会想到刘禅被俘后“乐不思蜀”，司马昭问他想家么？他说“想”，接着想装哭却哭不出来，只好闭上眼睛，把司马昭逗得捧腹大笑。

关于阿斗故事，我曾问父亲：“刘备如此英雄，其子何以这般模样？”父亲讲到孟子的“生于忧患，死于安乐”，讲到“君子之泽，五世而斩”；他还时常提到“一代做官，三代打砖”的民谚。当时我听不大懂，只觉得当初赵云在长坂坡，不该拼着性命去救阿斗，造就一位亡国之君。至于“刘备摔孩子——收买人心”的说法，我一直不大认同；直到听侯大师相声《长坂新说》，说刘备胳膊长，阿斗是放到地下的，假摔！我才嘿嘿一笑，从此释然。

求学记

记得早年父母填写各种表格，在学历一栏，父亲写着“小学三年”，母亲写着“高小”。

父亲说早年家贫，他只读过三年小学，名曰“将就小学”。但我的祖父是不第秀才，留下家训“砚田无税子孙耕”，因此父亲一生自学不辍，读书不少，后来被同事称为“老夫子”。母亲的祖母是教师，据说是当时白城地区唯一的女教师，所以我的外公是读书人，他对书籍的热爱，也在母亲心中留下深深的印记。

有这样的生活背景，催生出我们多读书的欲望。

哥姐读初高中时，正赶上知识青年上山下乡，因此失去高考的机会。大姐是老高一的学生，当年是高才生，最初知识青年回城就业，大姐被分配到沈阳水泵厂做铸工，瘦弱的她抬不动盛满铁水的钢包，手腕都被迸出来的钢豆子烫伤过。她说有一次，他的师傅没戴安全帽，一粒铁水飞到他的头上，当时粘下一块头皮，上面还带着头发，那铁水冷却后，粘着头发的铁块像一只毽子一样。好在大姐嗓子好，会唱歌、朗诵，不久被调到厂部文艺队去演出。

后来大姐离开工厂，去做小学老师，语文、算术、外语都教过。但大姐在中学学的是俄语，而那时时兴英语，大姐又去进修英语，还经常让我帮她纠正发音。再后来她离开体制内的工作，被聘为沈阳第一所私立小学的教学校长。

大哥比大姐小一岁，初中没毕业就上山下乡。当时他只有十七岁，母亲不放心，还申请他和大姐在一个青年点，让姐弟俩有个照应。二十世纪七十年代初，有一段“教育回潮”，大学开始招生，招收工农兵学员。那时的方法与现在不同，许多教师亲临工厂、农村和军营面试考生。哥哥很幸运，得到面试的机会。老师给他出两道数学题，好像是几何作图题和因式分解，他很快做出来。老师让他读一段英文，这一下碰到点儿上，哥哥平时就喜欢学英语，整天拿着一本英文书，躲在那里拿腔作调地朗读。哥哥的毛笔字是童子功，钢笔字也写得极好，因此他被招考老师看中，被录取了。

二姐一九七〇年中学毕业，先是下乡知识青年，后来也赶上教育回潮。二姐学习好，认真准备升学考试，志在必得。考完试后，二姐感觉不错，本以为没有问题，没想到快要公布录取结果时，出现一位考生 Z，他不答卷，却在卷子上写信，批判“师道尊严”，反击右倾翻案风，结果那次考试成绩全部取消，改为根据政治表现录取，虽然二姐表现很好，也没上成大学。

一九七七年恢复高考，最初哥姐们都想参加考试，但大姐的孩子很小，没有精力；二姐年龄大了，母亲不同意她再去读书，她还是坚持学习、进修，最终拿到大学学历，在一所大学教书。哥哥是工农兵学员，被安排“回炉”，又回学校去复读一年。那时他在辽阳化工厂做工程师，这个工厂与法国合资，一次为公派去法国工作，公开考试招聘，没想到又是外语发挥作用，哥哥考得第一名，许多“文化大革命”前的老大学生都没考过他，因此去了法国。回国后工作几年，又参加外交部考试，去中国驻加拿大大使馆做科技参赞。

回想哥姐的求学生涯，曲曲折折，各有不同。但有一条线索始终缠绕，那就是教育工作。前面说到，母亲的祖母是教师，父亲和母亲也在学校工作，大姐和二姐都是教师。一次两位姐姐陪父亲散步，有人喊“俞校长”，他们三个人竟一起答应。

求学记续

前文谈到哥姐们的求学之路。至于我的求学故事，中小学阶段有些混乱，淘气、逃学等荒唐的事情都有发生。

记得中学时，我在一所农村中学读书。班里一帮男生都好说脏话，把老师气得没办法。有一次班主任把女生赶出教室，只留下男生训话。我们的班主任四十多岁，男性，这次他放开语言束缚，把我们一顿臭骂，他说的许多脏话真把我们惊呆了，有些我们听都没听过。而且他还能讲出骂人的学问，当时就把我们这些自认为“骂人为王”的人镇住了。比如他说：“你们整天把‘妈’挂在嘴上，像英语中的不定冠词一样；你们还一口一个‘cao’，都快成英语中的定冠词了。”此后我们再骂人时，开始追求隐晦、文雅，比如我们时而会说：“定冠词你个不定冠词的。”今天回想起来，做教育太难，做老师太难。

我真正对求学感兴趣，是在一九七七年恢复高考那段时期。当时我还是下乡知识青年，在一个知青工作队工作。开始传来消息，说一九七七年夏季高考，秋季入学，考试以初中水平为准。听到讯息，我没有工作的心思，赶紧找来一大堆初中课本来读。过一段时间，又有讯息传来，说改为一九七七年年底高考，一九七八年春季入学，考试标准改为以高中为起点。

听到这个消息，我紧张起来。因为我们中学毕业没有毕业考试，每一门课程都是学到哪算哪。中学语文我们基本学完，数学有一册教材没学，物理有两册教材没学。化学学得更少，因为课时都被农业课占去，像pH值测定土地酸碱度，如何使粪便发酵，修建沼气池，还有“三埋两踩一提苗”“朝霞不出门，晚霞飞千里”“鱼鳞天，不雨也风颠”“顶浆打垄，顶凌耙压”“过了芒种，不可强种”“春雨惊春清谷天”等农业知识，高考没有这一项。

我赶紧请假回家，参加高考补习班。那时社会风气一转，年轻人都疯了，为了买一本习题集，把书店橱窗都挤烂了，警察赶来维持秩序。补习班更是挤破门，根本进不去。没办法，市政府只好把补习课录像放到电视上播放，那时我家有一台九英寸[①]黑白电视，我每天坐在那里听课。这回“臭老九们”又牛起来，记得沈阳的王大中老师讲数学，他

---

① 英寸为非法定计量单位。1英寸=2.54厘米。——编者注

的学生太多，搬到大礼堂去讲，黑板上的板书看不清，他就两手举着说，这是正弦曲线、余弦曲线、抛物线。哇，那时的生活，现在回想起来都热血沸腾。

记得高考时间临近，我的考场在上山下乡的地方，需要回去参加考试。那天晚上，我们家人正围着圆桌吃晚饭，我要赶晚班火车回农村。天已经黑了，我拎起旅行袋对着他们挥挥手，学《智取威虎山》杨子荣的腔调说：“同志们，等待着胜利的消息吧！”转身消失在北方寒冷的冬夜中。

考试过程还算顺利。不久分数出来，我考得不错，满分三百多分，我考二百五十多分。但体检却出了问题，单项高血压！尤其是我的专业没有报好，诸如吉林大学核物理、激光、生物化学什么的，都限制专业，高血压不能录取。开始我对高血压的事没太在意，但听老师说录取有困难，我才紧张起来。通知下来，果然三个志愿都没录取，最后我的档案被沈阳师范大学数学系超志愿捡走（当时叫“辽宁第一师范学院”，后来称“沈阳师范学院”）。当时我心情非常不好，尤其是听说邻家小伙儿考一百八十多分，竟然去了北京航空学院。而我当时只想学工科，不想去报到，已经拿出课本复习，准备再考一次。但上级通知说，录取不服从的，明年也不准许考。我只好作罢。

家　谱

前些年安葬岳父的骨灰，同时将此前逝去的两位亲人的骨灰和遗骨，从内蒙古一处墓地取回来，与岳父一并安葬。

去内蒙古之前，我们将岳父的家世认真研究一番。那是在清代某年间，一位王爷被派到蒙古一带戍边，现在那里还留下一座王爷庙。王爷赴任时，随身跟着两位保镖，他们是来自山东的两兄弟，身材高高大大，身怀武艺。后来王爷去世，兄弟俩就在那里安家落户，两家隔着一座大山和一片草原。

多少年下来，俩兄弟的遗传基因代代相传，人丁兴旺，各个强壮，加起来也有近百号人，我的岳父就是其中一支中的人物，他辈分高，晚辈称他“五大爷”。

那次我们开车去墓地，顺着公路往北开，当我们穿过一个山脉长长的隧道后，空气一下子凉下来，山上都是斑斑点点的积雪。我们到了镇上，先把亲属请来相见，两支的人各过来十余位，聚成一桌，才知道他们多年也很少见面，彼此论起宗亲辈分，算来算去，都还分得清楚，大姑大婶便叫起来。他们说，原来是有一部家谱的，后来“除四旧”都烧掉了。那些年搞政治运动，人们不讲亲情，亲戚也不大走动，这些年好了，还应该恢复家族的亲情。

几杯酒落肚，亲人们兴奋起来，谈到应该再修家谱，还谈到家族传统和历代名人。但是说到三辈以上族亲关系，就有些模糊。这个说那谁是我亲爷，那个说不对，那是我的亲爷，不是你的。一位大姐一拍桌子站起来说：“别争了，惹急我哪天半夜把我爷的坟挪走。”吓得别人脸都变色，那还了得？此后又一笑了之。

我父亲是江苏人，我们自幼填籍贯，都写“江苏江都仙女庙”。江都是古都，所以近来我刻藏书章，即写“江都俞氏”。早年问父亲家谱的事，他总是摇头不肯回答，还说那都是封建、四旧，家不家有什么用？四海为家么。到了晚年，父亲的态度温和许多，一次我问：“我们家族出过名人么？”父亲说：“大概与明代俞大猷有些关联。”后来哥哥经常与父亲聊天，他说有一次问父亲，俞氏家族的根基就在江苏么？父亲说，祖上是从安徽移民到江苏，当时有钱的人入住扬州，没钱的人在周边定居。

我查过，俞大猷弘治十六年（一五〇三）生于福建泉州，祖籍安徽凤阳，始祖俞敏跟从朱元璋打天下，以开国功臣袭泉州卫百户官，至其父俞元赞已历五代。

再从网上查俞氏分布，有西昌姜坡、浙江宁波、浙江绍兴、广东黄公林、甘肃武威和安徽巢湖等。安徽这一支的“俞氏字辈”罗列如下：“廷通祖宗信龙仲从再嘉拄国宜昌后文为应绍先发祥惟善泽勤学本家传建业光昭德存诚道义全。”此中有三个疑问：其一，父亲的名字在“字辈”中有么？其二，俞大猷的名字，以及他前辈的名字，在字辈中都没有。其三，近几十年人们起名字，根本不按祖宗规矩按字排辈，哪里去找？

我将自己的调查结果告诉哥姐。二姐说，我家应该是安徽巢湖一支，字辈中有“宗”字，而江苏地方志记载，父亲又名“宗仁”。二姐说“文化大革命”时因为害怕，她撕掉父亲的一些老照片，上面都有“宗仁”二字。哥哥也认为是这一支，但父亲又名“应芝”，三叔名“应兰”，安徽巢湖字辈中也有“应”字。到底是哪一个呢？

及此，我竟然有数典忘祖的感觉。真伤心。

独轮冰车

小时候，我哥哥是孩子群中的大王。他个子不高，非常壮实，平时喜欢端着肩膀，遇事好打抱不平，很有天不怕、地不怕的劲头。妈妈整天提心吊胆，只要听到院子里有孩子打架，就担心哥哥一定参战。说不定过一会儿，家长会带着被打的孩子敲门告状。直到哥哥长大成人，妈妈还会摸着哥哥的头说，你小时候啊，一听见打架后脑勺都乐，现在怎么变得这么老实憨厚呢？

当然哥哥淘气称王，不仅在勇敢，更在他能玩出智慧、玩出花样，让小伙伴们佩服。比如那时的孩子都喜欢“打弹弓”，用粗铁丝做成一个V字形的架子，有手掌大小，在支架上绑上两条橡皮筋，连着一个小皮袋，把石头放到皮袋中，然后一手持弓，一手持袋，拉开橡皮筋将石头射出去，打鸟或者打人家的玻璃。

记得我们经常拎着一个弹弓，四处找寻一些适中的石头，最好是鹅卵石，用作“子弹”。我居住的城市远离海岸，捡不到鹅卵石，只能寻找建筑工地，那里会堆放鹅卵石，放入水泥中做混凝土。我们会趴在石堆上一颗颗挑拣，带回家中存放。

一般的孩子打弹弓时，会带很多石头，把衣兜揣得满满的。但哥哥是有名的神射手，他兜里只揣着几颗圆圆的石头，打鸟时轻易不出手，一旦出手，弹不虚发。哥哥还用黄泥做成泥球，晾干后充当子弹，出手打得更准。

我与哥哥的年龄相差很多，他热衷打架时我还很小，他玩得出神入化时也不带我玩。如今我们都六十多岁，某一天哥哥读到我的文章，他对我说：“你那些捉蟋蟀、养鸡养兔的故事，都未达到我当时的境界，只有滑冰车的技艺，你真的很厉害。”

北方的冬天四处都是冰雪，一入冬每个学校都浇冰场。尤其是春节前后学校放假，孩子们都背着冰鞋去滑冰，哥姐都滑得很好。但我们那一代赶上“文化大革命”，正规的冰场没有了，孩子们都到大河泡子里去滑冰。没有冰鞋，只有自制的各种冰车、冰滑子。有一种冰车叫“独轮”，就是在一个双脚大小的木板下面，安上一个厚铁片，人蹲在木板上，每只手持着一根铁钎子，既保持平衡，又不断触动冰面，推助滑行。由于是单片冰刀接触冰面，阻力小，滑得快，转弯灵活，所以当时“独轮冰车”非常流行。

这种自制冰车，关键是那片“冰刀”，既要厚又要有硬度，每次上冰前都要用铁锉打磨，才能滑得快、不滑倒。某一天我突发奇想，何不把哥姐冰鞋上的冰刀卸下来，安在我的独轮冰车上呢？经过研究，我选择花样冰鞋上的冰刀。冰刀太长，我又把它锯断，只用前面一段。花刀很厚，我用锉刀在上面锉出凹巢，这样转起弯来不易摔倒，还可以在冰上转小弯、画圆圈。

做此事时我十岁上下，当时父母去“五七干校”，哥姐上山下乡，只有我与二姐在家，没人管我。我偷偷把哥姐的冰鞋拆掉，按照上述思路，做成我自创的独轮冰车。没想到在大河泡子中甫一亮相，立即把周围的小朋友镇住。我们经常在那里玩追逐游戏，我滑得不是最快，但转弯技能一时无双，没人能追得上我，因此迅速成为大王。

遗憾的是不久我们全家被下放到农村，告别了那段美好时光。但到农村后，我发现村里的孩子也滑冰车，经过冬灌的水田地成了一块块冰场，孩子们滑着各种冰车在那里玩捉人游戏。我有独轮冰车绝技，很快成了孩子头。那时哥姐们也在我们村劳动锻炼，有一次他们与一群社员路过，看到我滑的独轮冰车都很惊讶，此时一群追逐我的孩子把我堵到一个田埂旁，我加快速度，突然双手一撑冰钎子，跳过田埂，飞到另一块水田的冰面上。社员们一阵欢呼，哥哥也在其中。

初读十记

此前写《初读记》已有九篇，友人读后有两个疑问：一是说，你早熟啊，小小的幼童，怎么有那么多晦暗的想法呢？二是说，你自幼读书没有正形，整天嘻嘻哈哈，就没有伤心落泪、悲天悯人的时候？想一下，还真有。

少年时读《封神演义》，最喜欢哪吒。他生来好斗，四处惹祸，抽取龙王三太子的筋，抓下龙王的鳞片，被人堵到家里质问。哪吒的父亲李靖属于“窝里横”，在外面胆小怕事，在家中却摔锅打碗，怨天怨地。哪吒不忍心看父母为难，只好割肉还母，剔骨还父，以自杀了断。

为求再生，哪吒托梦给母亲，请她修一座行宫供人拜祭；眼看着香火旺盛，哪吒塑像栩栩如生，即将复活，又被李靖发现，他一怒之下，将塑像打得粉碎。哪吒的师父太乙真人没有办法，只好用莲叶、荷花、鲜藕等为材料，塑成三头六臂的哪吒真身，还为他配上风火轮、混天绫、火尖枪和乾坤圈等武器。

初读这段故事，我几番流泪。先是不解哪吒自杀，父母怎么忍心看着他下手呢？接着李靖打碎哪吒塑像，更让我大惑不解，伤心不已，甚至对“父亲”一词，都有了一生的芥蒂。哪吒复活后神通广大，他一直追杀李靖，直到燃灯道人赐给李靖一尊如意黄金宝塔，将哪吒收入塔中烧烤，才算达成妥协，了结这段追杀。但从此以后，每见到李靖手托那尊宝塔不敢离身，就怕哪吒再来复仇，我更加伤心，心里总像堵着一团乱麻，道不清个中原因。

《西游记》中也有哪吒故事，与《封神演义》中情节大同小异。其中第八十三回，记有托塔李天王（所谓李靖）挥刀砍向孙悟空，被哪吒用剑架开，当时托塔李天王大惊失色。只因“今日因闲在家，未曾托着那塔，恐哪吒有报仇之意，故吓个大惊失色。却即回手，向塔座上取了黄金宝塔，托在手间，问哪吒道：‘孩儿，你以剑架住我刀，有何话说？’”读到这里，我愈发难过。

再说《三国演义》。俗语说：“看《三国》流眼泪，替古人担忧。”我看《三国》，关公一段最让人感伤。先是落凤坡庞统殒命，诸葛亮无奈离开荆州，去成都辅助刘备，让关公接任驻守。关公授命时说出“死”字，诸葛亮立时后悔，但成命难收。后来关公为东吴吕蒙所杀，英魂不散，立于玉泉山云端，大呼“还我头来！”读到这里，我眼睛湿润，清泪涌出，却未落下。

《三国》人物，我最喜爱诸葛亮。他在五丈原与司马懿对峙，夜观天象，见到“客星倍明，主星幽隐”，自知将死，便与姜维商量，试图用“祈禳之法”延寿一纪。没想到即将成功之时，魏延突然闯入，竟将主灯扑灭。孔明弃剑而叹曰：“死生有命，不可得而禳也！”临终前他嘱咐杨义，在他的口中安放七粒米，脚下安放一盏灯，军中安静，切勿举哀，使将星不坠，待他阴魂自起镇之。孔明如此设计，造成司马懿疑虑，蜀兵安全撤退。后人云：“出师未捷身先死，长使英雄泪沾襟。”我少年时读到这里，几番泪眼朦胧。

但《三国演义》中，最让我落泪的英雄是姜维。诸葛亮最看重姜维的才华，姜维也不负众望，尽心尽力，试图重兴蜀汉大业。没想到举兵之时，两番心痛病发，被乱兵所杀，“魏兵争欲报仇，共剖维腹，其胆大如鸡卵”。少年时读到这里，想到孔明妙计再无后传，不觉号啕大哭。大姐过来，一面为我擦泪，一面笑着说：“将来不知哪位女子有幸，能为我这个小弟揾泪。”

初读十一记

前文谈到《封神演义》和《三国演义》，其中英雄故事，生死轮回，令我落泪之处不少。其实我少年时最爱的武侠小说，还有《三侠五义》。一回回读下去，一点点融入侠义精神，直到锦毛鼠白玉堂惨死冲霄楼，立时令我大惊失色，泪流不止。

《三侠五义》一百零五回写道："白玉堂举目留神，原来是从下面一缕灯光照彻上面一个灯毬，此光直射到中梁之上，见有绒线系定一个小小的锦匣，暗道：'原来盟书在此。'这句话尚未出口，觉得脚下一动。才待转步，不由将笨刀一扔，只听'咕嗜'一声，滚板一翻。白爷说声：'不好！'身体往下一沉，觉得痛彻心髓。登时从头上到脚下无处不是利刃，周身已无完肤。"

我一直痛恨作者石玉昆如此狠心，虽然我知道他也是不忍，或许是假惺惺的，在《三侠五义》正文中，石氏直接写道："这段情节不好说，不忍说，又不能不说。"有此原因，我再不重读此书，因为有了白爷死亡的阴影，再读到诸位侠客时，都会心中一凛。后来见到《续三侠五义》称白爷没死，但凡此种种解释，都化解不掉我早年的感伤。直到宁财神《武林外传》走红网络，那些伪侠客开始行走江湖，尤其是看到满口东北话的沙溢，装扮那位莫名其妙的白展堂，我才呵呵一笑，从此放下这一段侠客梦的生死情结。

再说《水浒传》，其阅读经历与《三侠五义》类同。二十年前我曾撰文写道："小时候，由于家中仅有一部七十回本的《水浒传》，加上当时恶劣的读书环境和我孤独的个性，我不知道《水浒传》还有其他的版本，因此深信那一百零八位英雄是不死的。后来社会上风行"评《水浒》运动"，使我蓦然听说还有百回本与百二十回本，阅罢不禁潸然泪下，它们打破了我儿时构建的精神公理，不死的英雄死了！至今我还常常骂道：'招安，招安，招甚鸟安！'从此决不再读那书。"

水泊梁山一百单八将，被宋江带去接受朝廷招安，没过多久死的死、伤的伤、逃的逃，我一边阅读，一边点数，一边落泪，征方腊胜利后，梁山泊好汉仅剩下三十余人。一个个英雄死因不堪目睹：宋江被高俅毒死，卢俊义水银中毒后病发身亡，吴用、花荣在宋江墓前自缢而死，刘唐被闸门压死，索超被流星锤打死，史进、石秀被人一箭射死，呼延灼破金兵时战死，周通被人一刀砍死，秦明被方腊的侄子一戟刺死，大刀关胜酒醉落马而死，林冲中风半年后死亡，杨宁中药箭而亡，阮小二自杀，阮小五战死，董平被人砍做两半，张顺被刀箭攒死，杨志、张横、穆弘病死，杨雄患背疮而死，时迁患搅肠痧而死，解珍、解宝均死于非命，丁得孙被毒蛇咬死……我深信：这是一篇文字游戏，也是一场政治谋杀。

我还注意到，二十几位幸存者，大多是逃离是非之地的人：公孙胜回蓟州出家，柴进回沧州为民，鲁智深焚香打坐而圆寂，武松被砍下左臂后出家六合寺做和尚，戴宗去泰安岳庙陪堂，李俊装病逃往暹罗国，童威、童猛随李俊而去，蔡庆返乡为民，阮小七回家乡侍奉老母、打鱼为生，朱武、樊瑞随公孙胜出家，裴宣回饮马川求闲，燕青浪迹天涯、不知所终……

而最让我悲伤的是黑旋风李逵之死，他是《水浒传》中我最喜欢的角色。宋江怕自己死后，李逵闹事坏了他的名声，便在饮高俅的毒酒时，让李逵一起饮下。就这样，李逵死在大哥的手上，但他那句“招安，招安，招甚鸟安”的骂声，永远留在我的记忆中。

知青书单

知青时代的阅读，除去马恩列斯毛，就是鲁迅。今天翻检我的书架，还有三本“青年自学丛书”遗存，一是《鲁迅杂文选》上、下册，收录鲁迅一九一八至一九三六年文章，首印一百万册；再一是《鲁迅书信选》，首印三十五万册。三本书均由复旦大学、上海师范大学中文系选编，一九七三年上海人民出版社出版。

试问，那些年读鲁迅目的何在？时至今日，我们究竟留下哪些记忆？应该是那一段段故事和语录，当时一遍遍翻读，没想到它们竟一直沉淀在我的记忆中。

其一，一九〇四年鲁迅在日本学医，偶然见到一幅画片上，一群被捆绑的中国人身体健壮，目光麻木，他们做了俄国间谍，等着被日军砍头示众。鲁迅由此惊醒，弃医而投身文艺，立志要“改变他们的精神”。(《〈呐喊〉自序》)一九七六年有消息称，人们发现一首一九三〇年鲁迅写的四言短诗《无题》:“杀人有将，救人为医。杀了大半，救其孑遗。小补之哉，乌乎噫嘻？”这段故事与这首小诗，都让我一生难忘。

其二，一九二五年，鲁迅开始与许广平通信，称其为“兄”，吓了二十几岁的许广平一跳，赶紧拒绝，大呼先生不能这样做。鲁迅只好在下一封信中解说:“这回要先讲‘兄’的讲义了。……总之，我这‘兄’的意思，不过比直呼其名略胜一筹，并不如许叔重先生所说，真含有‘老哥’的意义。但这些理由，只有我自己知道，则你一见而大惊力争，盖无足怪也。然而现已说明，则亦毫不足为奇焉矣。”鲁迅这一段言辞一反常态，好生暧昧。

其三，《辱骂与恐吓绝不是战斗》写道:“战斗的作者应该注重于‘论争’；倘在诗人，则因为情不可遏而愤怒，而笑骂，自然也无不可。但必须止于嘲笑，止于热骂，而且要‘嬉笑怒骂，皆成文章’，使敌人因此受伤或致死，而自己并无卑劣的行为，观者也不以为污秽，这才是战斗的作者的本领。”我不是“战斗的作者”，但鲁迅提倡的文风，尤其是“止于热骂”，却对我一生文字影响至深。

其四，“鲁迅语录”我记很多，那时开会发言，信口引用一段，往往可以语惊四座。用一位农民大叔的话说:“鲁迅的话，不用上粪就有劲。”他是把鲁迅语录比作肥沃的农田，不用施肥，庄稼也会茁壮成长。比如：“不打落水狗，反被狗咬了。这其实是老实人自己讨苦吃。”（《论“费厄泼赖”应该缓行》）“读死书是害己，一开口就害人；但不读书也并不见得好。”（《读几本书》）“我的怨敌可谓多矣，倘有新式的人问起我来，怎么回答呢？我想了一想，决定是：让他们怨恨去，我一个都不宽恕。”（《死》）“我想，大话不宜讲得太早，否则，倘有记性，将来想到时会脸红。”（《导师》）

我们青年点一位姐姐长得很漂亮，爱打扮，玩世不恭，总装病请假，旷工回城。那天大队书记组织路线分析会，帮助她提高觉悟。让我发言，我也没有稿子，张嘴就来，说长什么样就是什么样，为什么打扮？为什么捣鬼？小资产阶级情调。鲁迅先生说：“捣鬼有术，也有效，然而有限，所以以此成大事者，古来无有。”（《捣鬼心传》）当时把大家震住了，大队书记还让我抄下鲁迅的话给他。最没想到的是那位知青姐姐，她听到我的发言后不嗔反喜，会后还笑嘻嘻地拽住我说：“你小子溜光水滑的，还挺跩啊，你说说，我捣什么鬼了？”当时羞得我满脸通红。

知青书单续

回忆知青书单，进而想到一件趣事。大约受到时代的影响，我们那一代人写文章，很喜欢用“排比句”。除去文章的需要，受到哪些因素的影响呢？

首先是毛泽东，他最有影响的两段排比句，在那个时代，大概没有人不知道。其一是毛泽东《论反对日本帝国主义的策略》（一九三五），其中一段写道：“长征是历史纪录上的第一次，长征是宣言书，长征是宣传队，长征是播种机。”其二是毛泽东《星星之火，可以燎原》（一九三〇），这一段排比句激情四射，更为有名：“它是站在海岸遥望海中已经看得见桅杆尖头了的一只航船，它是立于高山之巅远看东方已见光芒四射、喷薄欲出的一轮朝日，它是躁动于母腹中的快要成熟了的一个婴儿。”

当然另一位走红的作家鲁迅，他的“排比句”也很了得。那时我读鲁迅，一定要把它们一段段抄下来，一段段背诵。《记念刘和珍君》和《“友邦惊诧”论》两篇，都是进入中学课本的文章，它们文中的排比句，尤其以三个“他们不惊诧”和一个“他们就惊诧了”一段最为著名；还有三个“党国倒愈象一个国”更为上口，大约我们这几代人都耳熟能详。

鲁迅《导师》（一九二五）一文中有一段话，“文化大革命”辩论时经常被引用：“我想，大话不宜讲得太早，否则，倘有记性，将来想到时会脸红。”但在此段话之前，鲁迅用了一段排比句，却没人敢引用：“我们还没有正在饿得要死时于无人处见别人的饭，正在穷得要死时于无人处见别人的钱，正在性欲旺盛时遇见异性，而且很美的。”《导师》最后一节还有一段排比句，说得慷慨激昂：“青年又何须寻那挂着金字招牌的导师呢？不如寻朋友，联合起来，同向着似乎可以生存的方向走。你们所多的是生力，遇见深林，可以辟成平地的，遇见旷野，可以栽种树木的，遇见沙漠，可以开掘井泉的。问什么荆棘塞途的老路，寻什么乌烟瘴气的鸟导师！”

最好的排比句，首推鲁迅的《白莽作〈孩儿塔〉序》（一九三六），其中一段写道：“这《孩儿塔》的出世并非要和现在一般的诗人争一日之长，是有别一种意义在。这是东方的微光，是林中的响箭，是冬末的萌芽，是进军的第一步，是对于前驱者的爱的大纛，也是对于摧残者的憎的丰碑。一切所谓圆熟简练，静穆幽远之作，都无须来作比方，因为这诗属于别一世界。那一世界里有许多许多人，白莽也是他们的亡友。单是这一点，我想，就足够保证这本集子的存在了，又何需我的序文之类。”

白莽，又名殷夫、任夫、洛夫等，原名徐白。他是一位天才少年，十几岁翻译裴多菲著名诗句 *Wahlspruch*（《格言》）：“生命诚可贵，爱情价更高。若为自由故，两者皆可抛。”投身革命后多次被捕，每次都被他身为高官的哥哥救出。后来白莽入狱，不再让哥哥知道，还留下那首诗《别了，哥哥》。一九三一年初，他与柔石等五位青年作家被捕，后被杀害，年仅二十一岁。鲁迅保存着他的诗稿《孩儿塔》，并作序，直到二十世纪五十年代才出版。

我记得，哥哥读中学时非常喜欢殷夫的诗，他时常会兴奋起来，举着《孩儿塔》大声朗读。比如那首《归来》，哥哥读道：“归来哟！我的热情，回复我已过的生命：——尽日是工作与兴奋，每夜是红花的梦影！回归哟！来占我空心！”我那时听不懂，还问道：“怎么回锅肉，来占我空心？”

书　柜

前些年父亲去世后，我们清理他留下的物品，看到那几个老旧的书柜，深深的赭红色，厚厚的木板，结实的框架，一丝不漏的柜门……瞬间把我的思绪又拉回几十年前。

此前我多次谈到，二十世纪六十年代“文化大革命”爆发，父亲的书被造反派抄家拿走，退回来后只能装在麻袋中，堆放在那里。后来我们家走“五七”道路，被下放到乡下锻炼，临行前母亲找到几个大木箱，将这些书放入其中。到农村几年后，我们有了固定的住所，那些书箱一直堆放在一间小北屋里。

北方的冬天，那间小北屋好冷啊，墙上结着厚厚的白霜。入冬时为了保暖，北窗已经用秸秆封上，夹缝中还灌满高粱壳子，因此屋子里没有光线，关上门完全是黑的，进屋时点一盏十五瓦的白炽灯。但小北屋对我具有极大的吸引力，一是屋内贮藏着家中的食品，有冻馒头，粘豆包，油嗦子（油渣），过节时还会有炸丸子、熟肉什么的。二是那几个大书箱，那里的书让我觊觎已久。所以我拉拢二姐，经常趁父亲不备，我们俩悄悄钻进小北屋中，一面偷吃那里存储的食品，一面打开书箱，将我们喜欢的书偷取出来，藏在被子里，夜里打开手电筒阅读。过一段时间，再潜入小北屋去换书。

一次我与二姐正在小北屋中作案，我的上半身钻入深深的书箱中，一本一本掏书，二姐站在我后面，嘴里嚼着食物，怀里抱着一大摞书，冻得在那里直跺脚。突然小北屋的门开了，父亲出现在门口，他大喝一声："你们在干什么？"二姐吓得"啊"一声，口中的食物都掉在地上。我赶紧抬头，脑袋重重地撞到箱盖的隔板上。

后来家里稍微安顿下来，母亲提议，请村里的木匠来家中，为父亲制作几个书柜。木匠是父子二人，父亲干活麻利，心灵手巧，儿子矮矮的个子，憨厚寡言，他们的手艺父子相传，不教外人。母亲每天为他们做饭，按当地的规矩，请手艺人干活不能吃高粱米、玉米面一类粗粮，只能给他们蒸馒头、煮大米饭，大白菜炖豆腐。我那时在中学读书，一有时间就为他们打下手。我记得整套书柜做下来，他们没用一根铁钉，只是在木头上一点点雕榫凿卯，还要熬胶片，将那些榫卯牢牢地粘在一起。师傅说，多年来已经很少有人做书柜，这年头哪还有人读书、存书啊？当时没有什么好木头，我们只是挑结实的柞木、松木什么的，没有木花纹，关键是能承重。师傅把柜子四梁八柱和隔板的材料都加粗加厚许多，再加上柜门也是实木的，所以整个书柜非常沉重。那时村里做家具，大多用赭红色颜料，炕柜、棺材都是那种类似的颜色，看上去感觉怪怪的。师傅说，这样好，反正材料上没有木花纹，重重的颜色，可以把木头的疤瘌疖子都盖掉。

有了这几个书柜，父亲喜欢得不得了，他对母亲的感激之情溢于言表。那一天父亲带着我们，将小北屋书箱中的书搬出来，一本本摆在书柜中，然后将柜门关好锁上，整个过程颇有一些仪式感，父亲脸上的表情，也闪现出一丝久违的庄重。

后来我们几次搬家，但无论走到哪里，父亲始终带着这几个书柜，即使它们那么笨重，那么老旧，还涂着怪怪的颜色。每当遇到问题时，父亲都会打开书柜，顺手抽出一本书，立即找到解说。也是父亲太熟悉他的书柜，哪本书放在哪里，书上的批注和夹上的纸条，他都能迅速找到。后来那书柜有了神性，比如一九七七年我参加高考，父亲曾把我叫到书柜前，抽出《汉书》，为我讲解刘邦与吕后的对话“安刘氏者必勃也”，没想到竟押上一道二十五分大题。

不准风月

我在《书柜》一文中谈到，早年我们家被下放到乡下时，母亲请村里的木匠为父亲做几个书柜，当时父亲感动得不得了，这几个书柜也陪伴他后半生四十余年，直到终老。

如今父母都已经离开这个世界，我见到这几个书柜时，常常会感慨多多。种种思念之情不用说，另有一件事情让我一直难以忘怀，那就是做好书柜之前，父亲的书堆放在那里，我可以偷偷猎取阅读；有了书柜，书一上架，父亲专门去买几把小锁头，柜门一关，我偷书的技能就没了用武之地。

没有办法，我只好向父亲借书看。大多数的书，父亲勉强肯拿出来，只有《红楼梦》《西厢记》等言情的书，他绝不许我们阅读。说实话，我小时对《西厢记》没多大兴趣，咿咿呀呀，读不出什么情趣。开篇那首《混江龙》唱道："向诗书经传，蠹鱼似不出费钻研。将棘围守暖，把铁砚磨穿。

投至得云路鹏程九万里，先受了雪窗萤火二十年。才高难入俗人机，时乖不遂男儿愿。空雕虫篆刻，缀断简残编。”今日琢磨，写得真好，少年时却看得厌烦。

也是读《红楼梦》见到两段谈《西厢记》故事，才勾起我一点兴趣。其一是第二十四回，宝玉与黛玉偷读《会真记》。其二是第二十六回，黛玉春梦中细声长长一叹，还吟出那一句“每日家情思睡昏昏”。宝玉在窗外听见，弄得心神荡漾，不觉对紫鹃说出那句混话：“若共你多情小姐同鸳帐，怎舍得叠被铺床？”惹得黛玉故作娇嗔，又骂那“混账书”一回，又垂泪一回。

父亲的《红楼梦》有几个版本，我最喜欢那一套线装版《石头记》，它们分两函套装，每函八本，其中插图尤其可爱，是我偷读的主要对象。最初这套《石头记》放在箱子里，我一本本抽出来阅读。后来父亲有了书柜，我再想偷读就很困难。即使后来父亲不锁柜子，我从书函中抽出一本，函套会变形，父亲一眼便能发现，立即让我交出书来。后来我想出一个办法，找到一片跟一册书厚度差不多的海绵，它已经老化泛黄，跟旧书的颜色十分接近。我抽出一册书，将有弹性的海绵放入其中，书函便不再变形。结果很长一段时间，父亲都没发现我的小伎俩。有一天他突然把我叫到书柜前，脸上挂着似笑非笑的表情，指着《石头记》函套中的海绵说："这是你干的？"

其实禁读《红楼梦》《西厢记》等书也是一种传统。前些年我重印《二十四孝暨女子二十四孝图传汇编》，在"女子二十四孝"部分，最后一孝"直言谏父"即写道：女子兰贞，看到父亲所批《西厢记》《红楼梦》，就烧掉了。父亲问女儿为什么。女儿说："你愿意让我做崔莺莺、林黛玉吗？"弄得父亲满面羞愧。

近读清代陈其元《庸闲斋笔记》，他谈到《红楼梦》为淫书之首，可以移人性情，最受文人喜爱，因此屡禁不止。但其风情描述，害人害己，遗祸无穷。先说害人，陈其元写道："余弱冠时，读书杭州，闻有某贾人女，明艳工诗，以酷嗜《红楼梦》致成瘵疾。当绵惙时，父母以是书贻害，取投之火，女在床乃大哭曰：'奈何烧杀我宝玉！'遂死。"再说害己，陈其元说，作者曹雪芹在康熙年间撰著《红楼梦》。雪芹是江宁织造曹楝亭之孙，楝亭为官有贤名。但到嘉庆年间，其曾孙曹勋以贫故入林清天理教，"林为逆，勋被诛，覆其宗"。陈其元说，世人认为此为曹雪芹撰写《红楼梦》的报应啊！

呵呵，哪有这样的道理？

送 终

我热爱老人。俗语说“家有一老，如有一宝”，这样的话深得我心。有老人在，无论你是什么年龄，在家里都是晚辈；老人离去，无论愿不愿意，你都会变为一个家庭中最年长的人。因此孝敬老人是快乐的，送终却会使我们陷入极度的悲伤之中。

我的母亲五十八岁去世，那一年我只有二十八岁。她先是在几年前罹患脑血栓，再加上肾炎和糖尿病，身体开始一天天衰弱。接着出现并发症，打点滴，滴水、滴糖、滴盐都受限，最终陷入深度昏迷，早早地离开了我们。

我的岳父八十四岁去世。他多年患气管炎，慢性病，年龄大了，每年冬天都会复发。那一年岳父又高烧住院，病愈后医生建议，再做一次全身检查。没想到在彩超中发现，他已经到肝癌晚期。怎么得的病呢？医生说，一是他经常住院，可能有感染源；再一是他曾经注射过血制品。半年之后，岳父就离开了我们。

我的父亲九十九岁去世。他是江苏人，生活规律，即使在东北生活多年，他仍然能够保持自己的生活习惯，冬天注意保暖，夏天不贪凉，从不暴饮暴食。最后那一年，他已经很瘦弱，吃饭越来越少，但他头脑一直清楚，过年时还会让哥哥带着他去邮局，给亲戚和儿孙们寄压岁钱。他的逝去，几乎称得上是无疾而终。

为三位老人送终，我都在他们身旁。一个人即将离开这个世界时，种种表现最让人难忘。我说几件：

回光返照。这不是杜撰。母亲去世前，已经高渗昏迷一个多月，如此症状，一般不会再醒过来。但是在那一天早晨，东方晨曦微露，我们看守母亲一夜，刚刚站起来伸一伸懒腰，大姐突然说，妈妈醒了！我忙着过来看，只见妈妈拼力睁开眼睛，环视一下病房，她看到我们后，就闭上眼睛离开这个世界。医生说，这是一种常见的生理现象，病人临去之前，往往会出现短暂的机能亢奋，用上毕生之力，所有的症状突然变好，然后便脆然离去。

入殓。此事民间的说法太多。比如送葬者一定要注意，不要把眼泪落在逝者身上；不要在逝者旁边说闲话，他的灵魂还会听到，云云。再如抬遗体时，最重要的事情是抬头部。我在为岳父送葬时，看守太平间的老爷子悄悄对我说，养儿子是干什么的？就是干这个的，只要有这一抬，这个儿子就没白养啊！为什么？老爷子附在我耳边接着说，去世的人嗓子里有一口气，你一抬，气就会像打嗝一样涌出来，喷到外人脸上不好，儿子就没关系。当然，也可以用棉花将逝者的七窍塞上。老爷子还说许多神神秘秘的话，我只是笑一笑，一听而过。但母亲、岳父和父亲入殓，都是我抬着他们的头，我觉得那是一种责任，其中包含着无限的追思与寄托。

火化。去火葬场为老人火化，拜见操持火化的师傅，我一定向他敬礼，请他将炉子打扫干净，焚烧的时间调得恰当。我还会往师傅口袋里塞一点钱，他不会要，但那是一种由衷的敬意。火化好了，师傅请我们进来，看着他将遗骨一点点整理，收捡过程一丝不苟，放入一个厚厚的塑料袋子，头骨、腿骨的安放都有规矩，骨灰一丝不落。再包裹整齐，轻轻地放入骨灰盒中。老师傅一面忙活一面会说一些事情，他说见识多了，能从送葬者的举动判断孝敬与家风；逝者的寿衣中，千万不要有金属物品；看骨灰的颜色，可以判断逝者生前的身体状况等。装父亲的遗骨时，我见到有一块较大的骨头上有绿色，师傅说，那是治疗时药物的作用吧。

下编

书后的故事

八十以后

二〇一七年，我师父沈昌文先生年满八十六岁。那天朱立利苦笑着抱怨，这个沈公啊，八十岁以后，缺点都暴露出来。我正色道，沈公做事完美，哪会有缺点呢？

朱说，与沈公约会，请他来签书或小聚，他不接电话只接邮件，接到也不回复。我说，他不回邮件，一定会遵时到来；一旦回复，反而说有事不来。朱说，沈公进入他的办公室，见到书就拿，留下纸条扬长而去。我说，沈公只拿好书，况且他留的纸条，比那本书还值钱呢。朱说，与沈公聚会，见到许苏葵、董曦阳等小辈，人家问："认识我么？"他都说不记得。我说，沈公是在调侃，你不见他接着说："我只记得当年辽教社也有小许、小董。"朱说，沈公不如从前坚强，在上海签售，有人打断他发言，他事后抑郁，发誓不再参加签售。我说，第二天我问沈公抑郁了么？他笑着说，没有啊，我只是看到自己不如张爱玲受欢迎。朱说，请沈公出差、参加活动，他一律回答："去问白大夫，还有我的两个女儿和外孙，他们同意我才敢去。"我说，他遇到熟悉的人，还会附上一句："我外孙北大医学博士毕业，在协和医院做麻醉师，有事可以找他。"

我觉得，这是"沈氏幽默"的升级版。当年沈公关心国家大事，四处写文章、演讲，人称其风度为"灰色幽默"；如今沈公老而弥坚，整天面上柴米油盐酱醋茶，实则眼观六路、耳听八方，每晚八点半入睡，凌晨三点起床，来到"二房"（沈公书房的别称）的电脑前，滴滴答答，那情景让人联想到"永不消逝的电波"。比如沈公与我们聊天，由洪侠想到紫霞，由兴文想到英文……在貌似混乱的联想中，常常隐含着丝丝条理。生活的磋磨，使他身上的灰色渐渐淡去，那现在是什么颜色呢？暮色？

当然有些缺点，沈公一生不改。他做《读书》主编时，赵丽雅说，杂志最后的"阁楼人语"都是沈公亲自写，但不到最后一刻，他绝不交稿；到了最后一刻，他才一挥而就，送上来说，付印吧。每次都写得极好。我到北京工作后，告诉沈公，每年为他出一本书，他不肯，说没有那么多东西。我说有著作才能带您参加上海书展，他最爱去上海，别处都不大肯去，拿白大夫搪塞。为此沈公只好答应，但八月上海书展，他七月才交稿，几次都是“按需印刷”抢印出来。

这两年出版《师承集》《师承集续编》，采用影印信件，略加注释的方法。沈公对我说，这些信件你们挑一下，出完书后都由你保存。因为书中只有书信原件，没有将文字重新排版，许多字迹太草，读者来信说看不懂。我们回答，也不一定都要看懂，原件本身就很珍贵。结果出版“续编”时，我们挑选信件，有些内容也没看懂。快要付印那天，沈公突然对我说，我送给你的信都能发表么？是情况有变，还是你要退休，想主动犯错误？当时吓我一跳，认真检查，其中信件确实有未授权或不合时宜之处。我不禁叹道：沈公啊沈公，我在出版界工作三十多年，临秋末晚，您还在考验我的觉悟。

沈公经常光临海豚出版社，每次都要推开我的办公室，跟屋里的人一一打招呼。我请他坐坐，他说不坐了，太忙，海豚406室、408室，还有三楼的小海豚们都在等他取书、签字呢。我说感谢您支持工作，还不辞辛劳，为读者签上款。他说感谢什么，我主要是比较喜欢外文局的食堂，那道“红烧鱼头”做得真不错。

两位才子

他们是中学同学，上海人，一位叫顾犇，网名“书蠹精”；另一位叫简平，我私下称他“海上奇侠”。

顾犇是大才子，复旦数学系出身，精通英、德、法、意多种语言，喜爱音乐，曾译《简明牛津音乐史》。他说早年沈昌文、陆灏主持《万象》时，沈公曾约他聚谈。我二〇〇九年来到北京，在中国外文局海豚出版社工作，在研读“国际汉学”时，读到一段轰动一时的故事，其中重要部分与顾犇联系起来：

一九八八年一月二十四日，澳大利亚《堪培拉时报》发表一篇发自巴黎的文章《诺贝尔奖获得者说要汲取孔子的智慧》，作者帕特里克·曼海姆写道：“上周在巴黎召开的‘面向二十一世纪’第一届诺贝尔奖获得者国际大会上，一批国际著名学者和诺贝尔奖得主探讨二十一世纪科学发展与人类面临的问题。在新闻发布会上，汉内斯·阿尔文博士发表了非常精彩的演说。他是一九七〇年获得诺贝尔物理学奖的瑞典科学家，他在等离子物理学研究领域的辉煌生涯即将结束时，得出如下结论：‘人类要生存下去，就必须回到二千五百年前，去汲取孔子的智慧。’”由于会议保密，会议纪要没有公开发表，所以此后许多年，人们都怀疑这段话的真实性，中国人的争议尤甚。但在一九九七年四月十日，美国《纽约书评》双周刊上引用了这句话。中国国家图书馆图书采选编目部副主任顾犇研究员经过多年调查之后，确认这次会议的存在，并且在访问澳大利亚时，经过多方联系找到《堪培拉时报》当年的原文。

当时我正在写文章《西方人如何看待孔子》，为此我对顾犇产生较深的印象。二〇一一年我在北京韬奋中心为沈公祝寿，他在微博上留言申请参加，此后我们交往日深。顾犇为人文雅平和，礼节周到，是一位谦谦君子。他的著作《书人乐缘》用语谦逊、简洁，文如其人。我曾问他上面故事的真实性，他只是微笑着点点头。

二〇一四年二月，顾犇与他的中学同学简平来到我办公室。简平瘦弱俊秀，白面书生。他名气很大，我最初觉得他只是儿童文学作家，其实他还写小说、剧本、散文、报告文学和学术文章，还在做上海电视台导演，主持大型电视剧拍摄。第一次见面，简平给我讲一段故事：那是在几年前，他身患癌症，在医院做手术。当时他情绪低落，身体虚弱到无法站起来，拿不动一点东西，每天靠读书打发时光。他曾在网上买到我的《这一代的书香》毛边本，一页页裁开阅读。但他没有刀，也没有力气，用一个硬纸壳把书页裁得坑坑洼洼。他后来写道："这是我读的最用力气最为艰难也最感愧疚的一本书，大冬天里，每每汗流浃背。"现在他微笑着说："总算熬过那段痛苦的时光，当然希望有机会见一见作者。"

简平有豪爽之气，做事风风火火，不知疲倦，充满阳光，充满正义感。记得有一次他来京约我小聚，我请到沈公等许多人，说好由我埋单。没想到他先悄悄结账，我情急之下让他退掉，再由我重结，闹出一点小尴尬，也印证彼此气质相通。不久我去上海，我们在一个中午相聚，他讲述自己的身世，离奇而悲壮，却不可说！

《最好的时光》一书，讲述简平与母亲的故事，他们都患有癌症，但一直相互鼓励，"把最坏的日子，过成最好的时光"。简平还患有严重抑郁症，他坚信治愈的秘方是"人活着要让自己有用"。我尤其感动简平母子那张仰望天空的照片，他说"那是最快乐的时刻"！

竹节装

二〇一五年十一月十一日晚上，王强请沈昌文和我、朱立利在大董烤鸭店吃饭。席间除了确定出版《书蠹牛津消夏记》，还有两件事难忘，一是王强对沈公敬重有加，点了一些很贵的菜。沈公素有“京城吃货”雅号，他还是幽默地叹道：“难道大董换菜单了？这菜我怎么都没吃过啊！”再一是我送王强一册海豚制作《鲁拜集》特装版，伊莱休·维德绘画，仿制一八八四年美国波士顿霍顿·米福林公司出版的对开本。二十世纪初桑格斯基制作《鲁拜集》就用的这个“书芯”，后来随泰坦尼克号沉没海底。

当时王强捧着这本大书感叹不已，两日后发来一封长信，开篇写道：“晓群兄：再谢所赠大作及海豚精品。海豚《鲁拜集》此印之精几可比肩英美，实非溢美套话。依此品味与制作坚持下去，得兄之理想主义加完美主义不懈追求的引导，西书装帧艺术必藉海豚为纸质书在中文世界再辟蹊径。佩服。期待。这两天得空仔细把玩《鲁拜集》，奉上几点不成熟的观感，就教于仁兄。班门弄斧，海豚面前说嬉水，谬误处望兄海涵。”接着结合海豚的产品，王强谈到三点感想，一为烫金，二为蝴蝶装，三为竹节装。

本文单说“竹节装”，即西方手工装帧书，会于书脊处加上几个像竹节一样隆起的“带”，是对书的一种保护，也是一种装饰。王强在信中说，他从我这里第一次听到“竹节装”的说法，细细思考，不觉大为赞赏。他由此想到，福建柘荣县乍洋乡凤里村有种极珍稀的“方竹”，竹竿约呈方形，竹面呈淡黄色，竹竿节环上有圈小刺；还想到一九四七年首发的猪皮 GUCCI Bamboo Bag（古奇竹节包）手柄的亮眼经典设计；再想到“竹有十德”云云。

因此王强写道：“汉语的‘竹节书脊’一词无论对外观还是实质的描述，比起英文冰冷的‘raised band（s）’不知高出多少个层次。Band，十八世纪中叶始用于英文书的装帧。那时，不过指‘功能性’的书脊处连接书页的横向‘绑线’或‘帖带’。由于绑线呈或细或粗的缕条缕带状，故用 band（箍或带）一词形容。西方书籍印、装分离的时代，以真皮装书时，亦因实用性地解决皮与‘绑线’订好的凸出的书芯，必以凸出的‘空槽’与书芯那面‘相扣’，raised band（凸起的外箍）一名出现。后来，书脊上这些‘凸出的外箍’才渐渐带上审美的意味。现代机械制作时代，书芯不再有不得不凸出的‘绑线’处，但为展现‘高贵感’和‘独特美观’，真皮装帧时，亦仿旧制，只在书脊上经粘挤压，做出‘凸起的外箍’或‘隆起的棱节’，即‘竹节’，于传统的实用‘功能性’全然无关了。”

实言之，王强这一段论述实在精彩。它让我想起二〇一七年初王强在台湾书展的演讲《书蠹三十年·台北听春》，结束后我对王强说，你讲的西方装帧艺术很像是一部“大学讲义”，但论说独树一帜。

西方书籍装帧传入中国百年以来，由于种种原因，西方精装书装帧工艺，并未完整地进入中国。这些年我们模仿西装书装帧，在花色、样式和装订上做出一些努力，但所谓“竹节装”一类工艺，还一直没有流行开来。不是无力做到，而是未加努力。

这次出版《书蠹牛津消夏记》，我们与北京雅昌合作，采取手工与机械制作相结合的办法，在二百册小牛皮特装版上，将“竹节装”做出来。这个环节不是在传统印刷厂完成的，而是由一家做奢侈品的工厂制作，那点儿“竹节工艺”，对他们来说实在是“小菜一碟”。

小西天

日前陈墨新著《小西天影话》出版，题目源于他的居住地海淀小西天。说来这已经是我为陈先生出版的第三部著作。回忆我们情趣相投的原因，除去彼此心智相通，一见如故，还有就是“海豚小精装”的诱惑。

二〇一四年出版陈墨《口述历史杂谈》，我们一反他以往著作的文献式风格，采取银色布面精装，封面上手工粘贴一枚纸质图画，整体装帧珠联璧合，使陈先生大受震动，一时爱不释手，赞不绝口。人称“不爱红装爱武装”，此一举却使他以往“专注内容、不看外表”的情结得到改变，甚至在文笔上也受到唯美主义的影响，注意表达的细节与装饰。

两年后，陈墨来信写道：“晓群兄：好！长假期间在郊区，整理出一批电影短文，取名《小西天影话》，共四十二篇，将近十二万字，向您投稿。如我在《后记》中说，主要是因为海豚版图书可读可爱、可玩可藏，于是有了贪心，想再出一本。自己觉得书中文字还有些意思，或许是敝帚自珍，有灯下黑之嫌，故请审查定夺。”

看到陈墨来信，我欣喜之余暗自得意，按照这样的方法“勾引”大学者书稿，可谓屡试不爽。用周立民话说：“我贪图这种享受，因此也就高看海豚出版社好几眼。……我认为海豚社已经完成了自己书装上的革命，并迅速刮起海豚风。在今天，不能再用马粪纸、装订练习本的办法印书了。我曾经说过：海豚社这样做书，给了写书人、读书人以尊严。”

其实陈墨知名天下，最初是以品评金庸武侠小说出道的。他说早年读金庸武侠，继而著书立说、隔空论道，实属偶然。后来他的“金文”日渐产生影响，也引来金庸注意。金先生曾邀请陈墨与夫人去香港家中做客，还决定让自己在香港的出版社购买陈墨著作版权，准备在海外出版。交流中出版社编辑提到，希望陈墨同意，请金先生审读书稿。陈墨当即收回版权，了断此项合作。后来他对我说，我这样做并非不尊重金先生，而是评论文章再请被评论者阅改，还有什么意思呢？由此可见陈先生的性格，我更看重他的体内依然存储着中国传统文人的气质与风度。

不过作为文学评论家，陈墨主业在电影评论和口述历史，品评金庸早已搁笔，并且宣布相关著作不再出版。二〇一五年在我的央求下，陈墨碍于情面，同意授权我出版《陈墨评金庸系列》布面精装，煌煌十三卷，不到两年时间，几千册书已经售罄。二〇一六年香港三联书店购买版权，出版《陈墨评说金庸》一巨册，还邀请陈墨去香港书展演讲签售。

最后说两段题外话。其一，身为出版人，我在本职工作之外最大的爱好是写一点文章。几年间我将自己的著作送给陈墨指教，他最看重我的三卷《一个人的出版史》，指出“二十世纪以来，发达国家普遍把私人档案纳入了档案定义的范围，视私人档案为国家档案的组成部分”，称赞我是一位先行者，让我大受鼓舞。其二，我们每年会有一两次小聚，我饮酒，他喝茶；三巡过后我侃侃而谈，他沉着应对。第一次见面，记得我们争论两个问题：一是大众启蒙，是已完成还是远未完成？再一是对时局发展的判断。近日小聚，再谈到那些话题，彼此莞尔一笑，继续“我饮酒，他喝茶”。

商务的书目

去年在上海见作者，有暇去旧书店看书，见到许多老上海旧籍。如商务印书馆《万有文库》等零星版本，其中几册“书目”引起我的注意，有《万有文库第一集一千种目录》《丛书集成初编目录》和《万有文库第二集目录》（附万有文库第二集预约简章）云云。

你别小看这些“书目”，其中包含很多重要信息。

其一，在《万有文库第一集一千种目录》中，有王云五《印行万有文库缘起》一文。二十世纪九十年代，我还在辽宁工作时，曾在沈阳古旧书店买到一些《万有文库》，后来王之江帮我在图书馆找到王云五《缘起》文章，故而萌发出版“新世纪万有文库”的想法。当时我曾写文章《向“老辈们”学习》，其中有一段写道：“且不说《永乐大典》《四库全书》的辉煌和壮烈，就看一看本世纪（二十世纪）初三十年代商务印书馆的《万有文库》吧：论规模，‘冀以两年有半之期间，刊行第一集一千有十种，共一万一千五百万言，订为二千册，另附十巨册’。论范围，‘广延专家，选世界名著多种而汉译之。并编印各种治学门径之书，如百科小丛书，国学小丛书……’论社会经济效益，‘一方在以整个的普通图书馆用书贡献于社会，一方则采用最经济与适用之排印方法，俾前此一二千元所不能致之图书，今可以三四百元致之’。论参与者，胡适之、吴稚晖、杨杏佛、张菊生等均在其中。论编辑，王云五说：‘更按拙作中外图书统一分类法，刊类号于书脊；每种复附书名片，依拙作四角号码检字法注明号码。’……这些话引自‘印行《万有文库》缘起’，读后我们无话可说。”另外，在《万有文库第二集目录》中，王云五又写一篇《印行万有文库第二集缘起》，总结《万有文库》第一集工作，展示第二集理念。此文我第一次见到。

其二，《万有文库第一集一千种目录》中，列出编译《万有文库》的四个目的：（一）以人生必要之学识，灌输于一般读书界。（二）所收书籍，以必要者为准。（三）全书系统分明，各科完备，无彼此重复之嫌。（四）以最廉之价，贡献图书馆或私人藏书者。

《万有文库》两集共四千册，是当时世界上最大规模的“丛书”。在现当代中文文库出版的意义上，无论质量或数量，至今无出其右者。编者仅以“极简的四条”表达出版原则，由此开发浩瀚工程，确实高明，令人敬佩。

其三，《丛书集成初编目录》，其《缘起》文章也是王云五手笔。文中谈到张元济曾启动这套书的编辑工作，他鼓励王云五接续下来，还将自己没做完的样稿交给王云五，“并出示其未竟之功以为楷式”。再者目录部分不同于上述《万有文库》目录，而称“丛书百部提要目录”，因此内容更为丰富。比如“提要”开篇写道，中国第一部丛书为《儒学警悟》，它成于宋宁宗嘉泰元年（一二〇一）。此前人们认为《百川学海》为丛书之鼻祖，其实《儒学警悟》比它早出版七十二年。

其四，淘取商务印书馆旧书，感触最深的两个字是“传承”。其不但在文化、学术、商业上，更在情感之中蕴含着浓浓的尊重。比如王云五主持出版《中国文化史丛书》时，正赶上张元济先生七十大寿，他们就在书前扉页上，用红字印一段话：“张菊生先生致力文化事业三十余年，其躬自校勘之古籍，蜚声士林，流播至广，对于我国文化之阐扬，厥功尤伟。中国文化史丛书之编印，实受张先生之影响与指导，第一集发行之始，适当张先生七十生日，仅以此献于张先生，用志纪念。”

韦先生的哼唱

拿起电话，听到韦力先生不紧不慢的声音，作为一个出版人，那实在是一种享受。这些年谈书业收藏大家，有“中韦力，西王强”的说法。如今他们把自己的书稿交到你手上，还经常彼此交流，对你而言，怎么会不是一种享受呢?

当然，韦力与王强的交流方式不同。韦先生喜欢打电话，他语调谦和，叙事婉转，缓缓道来。王先生喜欢发微信，文图并茂，时缓时骤，不分昼夜，因为他满世界奔跑。我重视王强发来的一排排书影和语音留言，会反复听看几次，还会组织相关人士收听翻阅，一面欣赏他的声音和图片，一面理解他对编书、选书和做书的建议。

这一次韦先生来电话，谈他的新著《硃痕探骊》。书名很拗口，封面杨小洲设计，用的是清代恽寿平《湖上春暖图》，印在绸布上，别有一种怀旧的情绪。这是一本什么书呢？韦先生说，此非印谱，却与印谱相关。说来韦先生藏书有印谱专题，他尤其看重清代汪启淑《飞鸿堂印谱》四十卷，此书历经三十二年方成全编，其中较少人名章，多以经史百家为印句，因此更让韦先生喜爱。由此别出心裁，从汪氏二千四百九十八方印谱中，选出所爱一百余方汇聚成书，借前辈珠玉，表达个中情趣。

浏览《硃痕探骊》所选印句，都是难得的好句，如周立民兄阅后调侃："这是浓浆的鸡汤啊！"诸如："心欲小而志欲大""利不可以虚受，名不可以苟得""意气相倾山可移""醉眼觉天宽""四五百竿竹，二三千卷书""处世若大梦，胡为劳其生"……如今名利场上，好引古代章句者正盛，此中由经史百家而汪氏，由汪氏而韦氏，妙言妙笔，高过那些牵强附会者不知多少层次。

及此韦先生情犹未尽，况且只是翻制前人印谱又有什么意思呢？于是韦先生在每一方印章下，信手留下数百字解说与随想，由印句而全诗，由全诗而再发联想。未曾想一出手没了牵挂，不自觉露出胸中沟壑，意下情怀。例如，韦先生由"游好在六经"，推想到五四新文化运动的功过是非。由"忧愁寄与谁"，推想到"冷艳一枝春在手，故人远，相思寄与谁"。由"如梦幻泡影"，推想到《金刚经》"如露亦如电"。总之，韦先生那一番思想遨游，将一位大藏家的境界推上云霄，不但使人举头仰视，也让人俯身思考。

此时我想起一段故事。当年追随王充闾先生，他读私塾出身，自幼强记。有一段时间王先生经常与沈昌文、赵丽雅交往，沈先生评价，这个王先生身为高官却丝毫没有官气，只爱诗书文章，谈话也是“举杯一唐诗，落杯一宋词”，当代人物已经很少见到。如今见到韦力先生，我又感悟到另一番才气。

读韦先生的书，我还发现一段奇趣，即他不但吟哦古音，还哼唱新曲，亦是亦非，亦雅亦俗，任凭韦先生古今时空，自由穿越。比如《得书记》序言题目，就引自汪峰《北京，北京》的那一句歌词“在这里活着，也在这里死去”；韦先生还说，这首歌的名字也可以改为《古书，古书》，很能表达他的心境。《硃痕探骊》中提到新曲更多，仅录歌名也是一段奇观:《要死就一定要死在你手里》《水手》《潇洒走一回》《一袖云》《美错》《飞得更高》《我的中国心》《单身情歌》《何日君再来》《对面的女孩看过来》《射雕英雄传之铁血丹心》《北京小妞》《一剪梅》《往事只能回味》《智斗》《梦醒时分》《其实你不懂我的心》。

签名本随想

二〇一六年某日，我在上海与陈子善先生小聚。我问他近期打算，陈先生说自己明后年已近七十岁，会从工作岗位上退下来。我说这几十年，您对我乃至辽教社、海豚社帮助巨大，从《新世纪万有文库》到《海豚书馆》，累累好书都留下您的辛勤汗水。恰逢此时，您能否从自己的著作中选出重要一部，我来为您出纪念版答谢读者，并向您表达敬意。几经说服，陈先生接受了我的想法，但他这些年著作很多，选哪一部呢？不久陈先生回答我说，还是出版一本《签名本丛考》吧。这个题目他颇为看重和喜爱，而且最用功力，只是初稿已经与其他出版社有约，那就给他们更换一本吧。

就这样，陈先生将《签名本丛考》版权转到海豚社，加以完善后，交到我手上。我们的设计方案也独出心裁，除了普通版之外，还会手工制作七十册真皮特装本，顺贺陈先生七十大寿，请他逐一留言、钤印，编号发售。

我如此重视此书，除了上述原因，还要强调两点：

其一，我最敬佩陈先生治学精神，他身为大学者，爱好收藏各种图书版本，最终竟将“爱好”化成一门学问。读这部书稿可见，他的收藏不但起步早，而且绵延不断、条理清晰。涉及许多重要人物如周作人、废名、陈衡哲、徐志摩、顾一樵、老舍等；许多重要书籍如周作人译《陀螺》，卞之琳《三秋草》，张爱玲《传奇》等。尤其是陈先生讲述作者、读者、签名者、被赠与者之间掌故与交往，有史实，有学术，实为一部以签名本为主线的“文学史”。我知道，如今有收藏雅趣者极多，读一读陈先生的收藏理念，一定会受到启发。

其二，许多年来，关于“签名本”争论最热烈。比如：作者新书出版是签名好还是不签名好？是多签好还是少签好？收藏者是收有上款的签名本好还是无上款的好？签给别人的签名本可以收藏、交易吗？版本研究者与收藏者有何区别？……这些问题历来观点不同，比如陈先生曾拍得施蛰存先生《灯下集》（一九三七年开明书店），是施先生题赠给沈从文先生的签名本。陈先生拿去给施先生看，没想到施先生不以为然，说：“你花那么多钱干什么？”吓得陈先生没敢再请施先生签字。但陈先生的《签名本丛考》却给出一些收藏的观念，从兴趣到学术，从方向到方法，都有许多可以借鉴之处。

我接触签名本不少，也有一些故事。今年（二〇一七）初参加台湾书展，出版家初安民先生谈到，有大作家写文章骂人，说某人拿别人送的签字本卖钱。出版前辈周浩正先生新著《人生毕旅》刚上市，送给我们留念，但坚决不肯签名。问其原因，他也谈到曾将藏书捐赠给一所大学图书馆，有一天一位作家看到那些书被堆在地上，甚至被师生践踏，其中发现自己的签名本，因此给周先生打来电话，大为不悦。此后周先生再送书，一定要把签名页撕掉，自己的书坚决不签。

还有两件趣事：一是我的好友F先生，前不久见到网上有人晒签名本，是F的老师签给F的。F说不可能，但回家一看，原来他除老师的签名本之外，还有一册复本存放，一次不小心将签名本错送出去，流入市场，被一位小美女买去，她还立即签上自己的名字，没办法再换回来。再一是近年沈昌文先生经常清理书房，把一些放不下的书送给我们。他一再提醒，其中签名本千万不要流出去。没想到有一天，一位网友私下告诉我：沈公把您的《数与数术札记》签名本卖掉啦，我已买回来，送还给您。

韦先生的后面

这半年我们制作韦力先生著作渐入佳境，每天小编们跑来跑去，十之六七是在谈韦先生的书稿。《琼琚集》《硃痕探骊》《上书房行走》和《觅理记》，几乎“一月一书”，而且每一本书又有不同的款式变换出来。比如《上书房行走》，有紫色的普通本，有红色的定制本，有四种颜色的真皮本，还有多册“抽印本”在请陆灏先生设计。近来小编们最常说的一句话：“太复杂了，我都快被弄晕了！”我开玩笑说：“我们能把作者和读者弄晕，才算成功。”

这一年既幸运，又辛苦，先是王强先生的《书蠹牛津消夏记》，他把西书收藏讲得天花乱坠，让我如醉如痴；接着是韦力先生的一系列著作，把中文藏书玩得出神入化，更让我难以自持。许多人读他们的书，要学习他们的生活情调和方式，我私下感叹，这二位大神的活法云山雾罩，平常人哪里学得了呢？

那天我又跟韦先生通电话，说要写一写他的故事。于是我把韦先生的著作一本本读下去，没想到越读越入神，结果把自己弄晕了。首先韦先生讲故事的方法环环相扣，俗语“读万卷书，行万里路”，韦先生的实践，当代无人能及。其次韦先生的文字不大雕琢，我悟出背后的两个原因：其一在“知之甚多，急于表达”；其二在“用平调的语言，掩盖文字后面的激情与意义”。举三例：

一是谦虚后面的骄傲：他的《硃痕探骊》一书，是借古喻今的典范。其中有“不堪持赠”一句，取自陶弘景《诏问山中何所有赋诗以答》：“山中何所有，岭上多白云。只可自怡悦，不堪持赠君。”大意为皇帝问山中有何物可以持赠，陶弘景说有很多白云，但白云只能自赏，不能相赠。韦先生评价：陶弘景此语是一句神仙话，他把骄傲隐藏在谦虚之下。

二是闲话后面的主见：还是《硃痕探骊》，有印句写道：“聪明疏通者戒于太察”。语出司马光《资治通鉴》：“治性之道，必审己之所有余，而强其所不足，盖聪明疏通者戒于太察，寡闻少见者戒于雍蔽，勇猛刚强者戒于太暴，仁爱温良者戒于无断，湛静安舒者戒于后时，广心浩大者戒于遗忘。”接续此句，韦先生引出“水至清则无鱼，人至察则无徒”，还有衍生的句子“人至清则无朋”，以及“人至贱则无敌”。这最后一句让人发笑，韦先生却引出《大戴礼记》的话语，阐明主见：“民有小罪，必求其善，以赦其过。民有大罪，必原其故，以仁辅化。如有死罪，其使之生，则善也。是以上下亲而不离，道化流而不蕴。故德者，政之始也。”

三是文章后面的故事：韦先生文章貌似平铺、含蓄，实则背后的故事很多。比如《失书记》中有《周一良藏本》一文，韦先生谈到收藏《学津讨原》，其中有许多周一良先生亲笔批语，但此书有一个特点：只要超过三两个字的批语，旁边必有一方钤印，如“一良藏书”“毕竟是书生”等印句。这一册书竟然钤印上千次。后经证实，系周家后人所为。开始韦先生对此做法不太认可，再拍周一良书时，提出不要再这样做。但周家依然如故，所以韦先生没买那批书。

后来韦先生见到周晶先生收藏周一良的书，不在乎后人盖的印章，甚至专为这一奇观而收藏。问其原因，周晶先生说，周一良先生晚年苦闷，他的家人要伸张胸中积郁之气，印句是一种表达。闻此言，韦先生点头称是。海豚社曾出版《周一良读书题记》和《师友杂忆》，我作为出版人，读过那些印句的故事。

银鱼妞妞

二〇一〇年下半年，我刚到北京海豚出版社工作不足一年。诸事刚刚起步，有些影响的项目如“幾米绘本”“海豚书馆”等，每天忙得昏昏沉沉，时常会有抑郁的情绪涌上心头。实在耐不住，我就去找沈昌文、郝明义和于奇聊天，那时他们在办“逻各斯”公司，地点在北京东部万达广场。于奇对我说：“如果出现抑郁的状况，搬一张椅子，到太阳下面坐坐，喝茶、聊天、读书，会有缓解。”后来她的建议成为我的习惯。

那天我又有些压抑，在百度上胡乱搜索自己的名字，蓦然发现一篇文章《书市商海追梦人》，文中写道：“然而夏季的酷热，终于未能阻断我的人缘书缘。消失多年的‘俞晓群’犹如空降般‘华丽转身’——其新著《这一代的书香：三十年书业的人和事》由浙江大学出版社出版，这于我无疑是少有的欣慰。我几乎抢一般地从网上购得此书，并用了整整一个夜晚把它读完。”

这篇文章的作者署名“银鱼妞妞”，我再百度一下，发现他（她）的老巢在“豆瓣读书”。实言之，此前我不上豆瓣，只是这次发现把我吸引过来。也是此君购书量巨大，阅读量惊人，每月都会晒出他（她）的购书单，十部、几十部都是有的。看到“妞妞”赞扬我的工作，跟帖者七言八语，夸赞的少，质疑的多。诸如：“俞晓群志向很好，烧教育社的钱啊。”“光图名不行，还要培养人才，这就是俞晓群与范用、沈昌文的差距。”“《新世纪万有文库》《书趣文丛》库存很多啊，怎么能叫好书呢？”“辽宁出版集团的老总是任慧英，他只是副总。”还有人写道：“妞妞，俞晓群能有您这样的粉丝，一定会很得意吧！”此话一语双关，一是说“银鱼妞妞”网上江湖地位很高，他（她）粉我，我自然很得意；再一是“银鱼妞妞”在豆瓣上的形象，见于他（她）的头像，那是一位活脱脱的大美女。

确实，那时我根据“银鱼妞妞”的留言，心中想象：他（她）是一位女子，住在北郊一处别墅区，公务员，有藏书的处所，“既爱红装也爱书装”，购书数量大，有眼光，出手阔绰，藏书不在增值而偏重个人爱好，存书约三万余册，时常病病歪歪……

见笑，以上只是我的八卦幻想。其实我对“银鱼妞妞”最好的印象，还是他（她）的学识，他（她）品评和挑选书籍的见解，他（她）文辞的古雅风范，以及他（她）谈论世事时，表现出的宽容、平和与中肯的态度，很少有挖苦与偏激的言辞。我找到他（她）的博客，又在 MSN 上链接，送他（她）一本《一面追风，一面追问》，还开始向他（她）组稿，写一些收藏故事。

后来 MSN 被关掉，我与“银鱼妞妞”的交流也未再续，此前的聊天记录已丢失。我记得，最初面对我的主动组稿，“银鱼妞妞”并没有表现出很大的热情，他（她）说要认真想一想，该写一本什么样的书。过一段时间，他（她）说想好了，可以写一本关于“书封的故事”，闻此言我很高兴，说我为你确定一位责任编辑吧。后来他（她）还提到希望能面谈一次，我说请责编安排。

那位责编是一个小女生，那天她急匆匆来到我的办公室，神神秘秘对我说，那位“银鱼妞妞”竟然是一位男士，闻此言我心中也有些惊讶，但表面上还做出“意料之中”的表情。他就是群山先生，著作《采葑小集》已经在海豚社出版，颇受好评；他的下一部著作《采莲小集》也在编写之中。

《傅杰文录》点滴

这个月，我的阅读计划是四卷本《傅杰文录》。书已出版半年有余，这一次认真翻读，也是早有的想法。读罢掩卷静思，收获多多，略言三例：

一是文字干净，干净得一尘不染，对于白话文而言，傅先生能做得这样好，实在难得。我对傅先生这样说，他回答，陆灏也这样说。这让我想起一段故事，当年吕叔湘与张中行二位先生为《文言读本续编》作注，后来张先生回忆道："我起草，吕先生定稿，出版之后我看，心中戏言，这就是当代的《吕氏春秋》，不能增减一字。"如今我们确实可以从傅先生的文章中，看到前辈的身影。

二是故事好看，书中谈到很多人物，尤其是傅先生写自己的先生或师友生动有趣。比如朱维铮先生，傅先生说他对学生管教极严，"不拘一格整人才"。一位女博士业余活动太多，不认真读书，被戏称为"低足"。她每到周一去上朱先生的课，“都会脸色发白，嘴唇发青，到周四才会缓过来”。可见朱先生管教学生之严厉。

除了对学术问题的严肃，平时朱先生也是一位很幽默的人。傅先生说，师母提醒朱先生少喝酒，他说好的，然后端起杯子，一饮而尽。师母说，跟你说少喝，你就是不听。他说，我本来不喝酒了，听你的话才少喝一杯。这些故事见于《八卦碎片——忆朱维铮先生》，当初此稿投《万象》杂志，因为审读意见不一致，无法发排，使期刊未能遵时出版，最终导致《万象》暂时停刊。

还有王元化先生，傅先生是他的博士生，所以落笔不及对朱先生那样放松。文中引王先生许多文字，其中一段日记写道："五月二十八日，上午傅杰来。修改他为丛刊写的《经眼录》，傅读书很多，但不大写文章，文字较涩，我改好，叫他誊抄，以便发排。”师生交流，是那样的坦然。

我见过许多海派人物，回想见面时，最令我紧张的两位先生，正是王元化和朱维铮。我在辽教社时，出版王先生书稿《谈文短简》，原来是要收入《书趣文丛》，快要定稿时，王先生希望单独出版，当时吴彬主持此事，引起好一阵忙乱。我在上海拜见王先生，或在他的住处，或在餐桌上。最后一次拜见是在医院，有赵启正、吴伟、陆灏等同往，请王先生主编国家项目《认识中国》，后来由陈子善、傅杰先生主持完成。

我拜见朱先生几次记不清，只记得第一次，为他的书稿《音调未定的传统》被陆灏约来吃饭，饭桌上还有黄裳、唐振常等人。那时我见世面少，非常紧张，只记得朱先生一脸严肃，没正眼看我，唐先生不断打圆场。饭后我送朱先生到门口，握别时他还说："我不知道辽宁还能出此类书，赵丽雅介绍，才把稿子交给你们。"

三是书装精美，杨小洲设计，仿西式装帧，烫四色金，辅以变换灌皮纸的四种颜色。这一版用料极好，值得收藏。但也有不虞之处，我们采用"硬脊"工艺，书脊锁线太紧，平放在桌子上，要两只手按着；扣在桌子上，书会隆起一个倒 V 字形。摘抄书中文字时，我的手要敲电脑，只好用两块石头将书压住。为什么用"石头"？一般的"镇纸"压不住啊！那一天手压得发酸，气得我一巴掌将书拍平，那书平躺一会儿，又慢慢地隆起来。我发现材料以及雅昌的装订真好，我连拍几次，书都没有"说话"（指翻书时吱吱呀呀的声音），也没出现折痕和断裂。我不禁叹道："自作自受！"

罗胖麾下的爱丽丝

二〇一七年三月十四日，张万文兄与李倩来我办公室。这是我与李倩第一次见面，她在“罗辑思维”任职，此次来谈合作。我们说到《冷冰川墨刻》《书蠹牛津消夏记》和《牡丹亭》等书，最终李倩拿起《爱丽丝漫游奇境》说：“我们可以策划合作这本书。”

“罗辑思维”是罗胖（振宇）的一个神话，是一个网络传奇，又是一个出版梦想。一段时间里，许多出版人都希望自己的书能被罗胖选中，能纳入他们的销售系列之中。从《战天京》《中国文学史》到《莎士比亚全集》，全新的商业案例，突发奇想的经营手段，惊人的销售业绩，经常让传统出版人目瞪口呆。这次海豚的书能引来李倩的目光，确实让我感到兴奋。

海豚是一家相对老派的出版社，缺乏赤裸裸的现代商业精神，打着追求诚信、追求人文经典、追求精工细作、追求文化理想的旗帜，举手投足之间，时常透露出“旧日商家的呆气”。

二〇一四年十月，海豚的两个老男人——装帧设计师吴光前、杨小洲，踏上访欧之旅，试图在西方经典装帧上有所突破。不久他们引来一位英国绅士罗勃·谢泼德——一位更老的男人，他不但是西方装帧的理论家，还是一位实践者，开销售店、开设计公司，收购一些手工装帧百年老店，桑格斯基设计《鲁拜集》的手稿资料，都在他的手上。我们翻译出版他的著作《随泰坦尼克号沉没的书之瑰宝》，还两次请他来中国签售讲座。一次在上海，罗勃向我们推荐两套书的装帧设计。那天罗勃拿出一个纸包，打开后现出两个旧书的“封面”：一个是红色的《爱丽丝漫游奇境》，一个是绿色的《小熊维尼》。他指着红色的封面说，这是“爱丽丝”最早版本的封面，制作于一八六五年。罗勃建议我们按这个版本印刷，他出任监制。后来罗勃在中国版序言中写道：“为了将这个故事出版，作家卡罗尔联系了艺术家、插图画家约翰·泰尼尔，请他根据故事文本绘制插图。……图书首次出版于一八六五年。泰尼尔对印刷质量并不满意，要求卡罗尔重新印刷。卡罗尔已经将若干册图书送给了朋友们，只得请他们返还。但是部分图书始终没有收回，一八六五年首版因此成为了世界上最稀有的图书之一。”（曹巧丽译）重印书扉页上标注的时间是一八六六年。

再说一八六五年的封面设计，表面看很容易，真正做很难。

首先是封面材料，看上去像是一种漆布，先不说“漆”的来源与质量，现在中国“漆布”早已淘汰，根本无处可找，印装师于浩杰找到一个厂家，请他们刷了几张漆布，质量都不行。那么用真皮或仿皮呢？也不行。因为材料太软，封面上的猫头只有一个硬币大小，胡须根根直立，小女孩的眉毛更在毫发之间，印在皮革上根本出不来效果。最后于浩杰找到一种“新纸”——合成纸，才有了今天的成绩。

其次是貌似简单的图案，一面是爱丽丝抱着一只小动物，另一面是一只猫头。原版是人工铜刻，再由人工运用烫金技术，将金粉盖到封面漆布上。此类工作无法批量生产，最后我们找到奢侈品制作商，请他们用激光做出铜雕版，再到工厂制定印刷工艺。

但最后还是遇到一点小麻烦。封面图案的铜版做好后，于浩杰在各种材料上试验，检验印刷效果，屡试屡败，始终达不到一百五十年前的效果。情急之下，他在罗勃借给我们的封面上试着印几次。但那是人家的珍藏，被弄坏了。小洲问我怎么办。我说赔吧。赔多少钱？我说问罗勃。英国人很坦率，开价五百英镑。

鲍家的传承

谈中国百年出版，一定要提到上海商务印书馆；谈上海商务印书馆，一定要提到鲍家的贡献。

一八九七年，鲍咸恩、夏瑞芳、高翰卿、鲍咸昌几个年轻人发起建立上海商务印书馆，他们开始筹集资金，每股五百元，有八位人士入股：沈伯芬二股，鲍咸恩一股，夏瑞芳一股，鲍咸昌一股，徐桂生一股，高翰卿半股，张蟾芬半股，郁厚坤半股，共积得三千七百五十元。其中除沈、徐两位之外，其余六位都是鲍氏一族的人。鲍氏咸恩、咸昌两兄弟不用说，张蟾芬的妻子是鲍家长女鲍大姑；夏瑞芳的妻子是鲍家次女鲍翠芳；郁厚坤是鲍咸昌的妻舅；高翰卿与鲍咸昌后来成为亲家，其女高斐君嫁给鲍咸昌长子鲍庆林。

这是偶然的么？当然不是。我觉得起码有两个重要背景在起作用，一是晚清社会“西学东渐”的大背景，此处不做论及；再一是鲍家前辈，尤其是鲍哲才先生的故事，很值得我们了解。

鲍哲才生于一八三三年，宁波鄞县人。一八四四年美国长老会在宁波建立第一所学校“崇信义塾”，鲍哲才就学其中，同学有谢元芳、郁忠恩。谢元芳是谢洪赉、谢罗大（女）的父亲，谢洪赉是商务《华英初阶》等书注译者，谢罗大嫁给郁忠恩之子郁厚坤，郁忠恩之女郁舜英是鲍咸昌的妻子。一八四五年美国长老会将澳门“华英校书房”迁到宁波，改称“华花圣经书房”。一八五八年美国人姜别利主理书房，鲍哲才在崇信义塾肄业后，来到书房做排字工人。

一八六〇年美国长老会在上海开办清心义塾，即清心堂——清心书院，后来由于经济原因，学校实行半工半读，男生种植或出版，女生刺绣针织。这一年姜别利为发展业务，同时为配合上海清心书院半工半读，他带着几名技工，将华花圣经书房搬到上海，一八六二年更名为“美华书馆”，此后开创出一番辉煌的出版事业。而在参与创业的“几名技工”中，就有鲍哲才。所以在这一层意义上，鲍哲才是上海美华书馆的开创者之一。

那时鲍哲才成为清心堂牧师，但他依然参与出版工作，一八七五年与范约翰一起创办《小孩月报》和《花图新报》；一八七八年参与创办上海圣教书会，编印一些布道的单张传单和小册子。一八九五年初鲍哲才病逝，终年六十二岁。一九一〇年在清心堂成立五十年之际，曾修建一座礼拜堂，名曰“思鲍堂”，纪念鲍哲才的贡献。

鲍哲才有三子三女，都在清心义塾读书，其中三个儿子都曾在美华书馆工作，长子咸恩学刻字，次子咸昌学排字，三子咸亨学印刷。还有高翰卿就学清心义塾，二十一岁进入美华书馆工作，三十一岁升任华人经理。夏瑞芳也就读清心义塾，辍学后曾在同仁医院学徒，后在《文汇报》学习排字，又任《字林西报》植字部主任。

鲍哲才去世两年后，即一八九七年二月十一日，在鲍咸恩、夏瑞芳等主理下，上海商务印书馆（Commercial Press）正式开业，书馆的名字是鲍大姑所起，她在清心书院毕业后，留在那里教书。

另外，鲍家开办“书馆”也有传统。宁波有一家“汲绠斋”书局，为清嘉庆年间鄞县三桥鲍家和慈溪乍山严家创办，附设作坊刻印古籍，为宁波五大书局之首。据载清时宁波道台、知府等官宦，常服青衣小帽，到汲绠斋选购图书；入学儒生、候考童生，喜欢来购书看书。上海商务印书馆创办时，鲍氏兄弟向汲绠斋求援。汲绠斋选派印刷工人前去支援，后来汲绠斋成为上海商务印书馆宁波总经销处。

韦先生的赠品

那天韦先生在单向街爱琴海书店与读者见面，推介他的三部著作《琼琚集》《砾痕探骊》和《上书房行走》。他制作一个极风趣的 PPT，有网友说，这一定是“八〇后、九〇后”的手笔。从新式漫画到自虐式调侃，诸如“老韦卖瓜，自卖自夸”“不买我就哭给你看”，引得现场互动，满座皆欢。

事后韦先生打来电话，语调依然平和温暖，表达着对读者的丝丝爱意。他说：“人家愿意听我讲，愿意买我的书，我唯恐愧对人家。您想想办法，为前来见面的读者制造一些小惊喜！”

说起来，制作小噱头、小赠品，历来是商家的最爱，也是最难做的事情。你的创意要出彩，要吸引读者眼球，又要考虑商品与赠品的内在联系，以及格调、成本等因素，所以许多时候，创意赠品往往比制作“主体商品”还难。

我在海豚社经营八年，为新书出版设计过许多赠品。哪个赠品最让我难忘呢？在这里列出两例：

其一是二〇一二年《董桥七十》，那是我来到海豚做的第一本真皮书。封面由香港牛津大学出版社林道群先生设计，上面细细的金线已经难倒京城厂家；更难的是寻找“真皮”，李忠孝、吴光前和于浩杰费尽脑筋，最终浩杰在京郊一家皮衣加工厂弄来“蒙古小牛皮”，自己剪裁，完成制作。皮书拍卖之前，我们觉得还应该送赠品，道群选定送一张董公珍藏的“塞维林情色藏书票”，在香港制作，请董公签字、钤印、编号，十分惊艳。随新书销售之时，引来读者热情争购，甚至有人批评藏书票“喧宾夺主”。

其二是二〇一一年出版幾米新书《世界别为我担心》，海豚创意制作一个心形的八音盒，将书放入其中，里面灌装的音乐是宫崎骏《天空之城》，我们为此还支付两万元版税。后来那个八音盒成为许多礼品店的标志商品，书却成了附赠品。

现在设计韦先生的赠品，该送些什么呢？最终确定：海豚社安排韦先生系列演讲，到深圳、广州、长沙……，专门定制一册笔记本《蠹鱼会》，当场购书者即有赠送。

更重要的是为真皮版《上书房行走》定制赠品，此书有四种颜色，小羊皮版定制二百册，最终合格品会有一百多册。我与韦先生商量，他一再表示要做些贡献。我请设计师吴光前创意，他提出，韦先生是否藏有印书“古版”，拿来印出书页，赠予读者，会很有意义。我将此想法向韦先生汇报，韦先生大加赞赏，立即提出深一层想法：

其一，能否在古书残卷、残页上动些脑筋？经过一番议论，连恰好来谈书稿的王强先生都发表意见。最终此创意未通过，但却引出一些新的选题设想，接着与韦先生深度合作。

其二，拆几册韦先生用古版和手工纸印的书，每册“皮书”送一页，每页钤上两枚韦先生提供的闲章，一个是“案头见蠹鱼，犹胜凡俦侣”，另一个是“惟把旧书看”。韦先生在封套上注道：“古木新枝：本叶为定制手工皮性洒金宣，以檀香墨旧版新刷，古法阔大留白，以期透显古书之美，虽断缣零璧，亦吉光片羽，恭呈爱书君子，愿识者宝之。芷兰斋主韦力敬启。”

再说“洒金宣”的妙处。我们见到书页上铺着碎金，便问是印上去的么？韦先生说不是，印的“碎金”不会脱落，这是洒上去的，可以抠掉。他提起一本书抖一下，只见几点金叶纷纷飘落。

美华书馆

一八四四年，美国长老会在澳门建立一所印刷厂，名曰“华英校书房”，翌年该厂迁到宁波，改称“华花圣经书房”。一八六〇年书房迁到上海，一八六二年更名为“美华书馆”。

美华书馆的主理者、美国人姜别利（出生于爱尔兰）是一位优秀的企业家，他发明电镀法制造汉字铅活字铜模，出售七种大小的宋体铅字，称“美华字”；发明元宝式排字架，将铅字按使用频率分类，按部首排列等，被中国印刷行业长期沿用。姜氏的出色工作，使美华书馆迅速发展起来，到十九世纪末，成为中国最大、最先进的印刷机构，“清末申沪地区印刷系统五强之一，位尊榜首”。

可能是由于姜氏在印刷上的巨大贡献，也可能是由于其他因素，现在人们研究美华书馆时，往往会把它当作一个单纯的印刷企业看待。其实那时的印刷厂与今日概念不完全相同，许多厂家都是一面编书、一面印刷、一面发行，图书版权页上署名出版者，也往往是所谓书馆、印书所，即“印刷厂”，而“美华书馆是国内首家实行编辑、出版、发行三位一体的印务工厂”（朱念等语）。百年中国出版，按照美华书馆的企业模式建制者，还有许多知名企业。

前面谈到，美华书馆的前身以印刷《圣经》起家，但起步之初就编辑出版一些图书。据《鄞县宗教志》记载，一八四五年在宁波时，华花圣经书房曾首印《乡训》七千册，后印《真理易和》《信操三纲》《耶稣教要旨》和《消罪积福真言》等，还有天文地理等科学书籍，为西书在中国印制的先行者。后来书房迁到上海，美华书馆一面改进印刷工艺，一面编辑出版大量中英文图书。有统计称，美华书馆存世五十多年中，共出版图书四十多万册，其中宗教类图书二十四万册。另有统计称，单说英文书，美华书馆共出版四百零七种，其中三百九十种与中国相关。如《上海话语法》《官话类编》《易经》《中国史》《汉籍解题》和《中国辞汇》等。有些书极有名，无论在印制和版本上，直到今天还在重印或拍卖出售。比如一八九一年版《新旧约全书》，目前在孔夫子旧书网上出价两万八千元。再举几例：

《万国药方》八卷，一八八六年初版，李鸿章序曰：“泰西医学有专官、有学堂，又多世业孤学，藏真府俞悉由考验，汤液酒醴更极精翔”，西药化学“格致微渺、务尽实用，非仅以炮制为尽物性，则尤中土医工所未逮者”。此书二〇一一年雅昌拍卖，起价四千元。孔夫子旧书网有多部待售，品相不好也要两千多元。

《教务杂志》，一八六七年在福州创刊，一八七四年美华书馆接手出版，是当时最有影响的基督教英文刊物，致力于介绍中国文化。如刊载对中国古代小说的评论《论〈封神演义〉》《见证》《论〈好逑传〉》《一部中国小说中的警句》《中国小说随览》和《中国小说中的神学观和末世论》，还有评《红楼梦》《金角龙王·皇帝游地府》《白蛇精记：雷峰塔传奇》《三国志演义第四十三回》《好逑传》《出使天国》《聊斋志异》《今古奇观》和《三国志演义》的文章。

《造洋饭书》，一八六六年初版，食谱内容为中文，二十九页，首印一千册，后多次再版。开篇“厨房条例”讲饮食卫生重要性，并规范厨师应有的工作方式与态度。此版本有二百七十一项料理配方，其中有二百六十七项各类西餐菜点或半成品食谱，外加一项洗衣法，以及存放甜玉米粒法和做洗衣皂法、洗脸香皂法。一九八七年，中国商业出版社《中国烹饪古籍丛刊》收录此书，印五千册。

范公与沈公

几年前我曾说过，有七位前辈我要尊为导师，他们是张元济、王云五、胡适、陈原、范用、沈昌文和钟叔河。此中前三位先生，与我辈隔着时空；后四位先生，陈、沈和钟先生都非常熟悉，只有范用先生，却一直无缘谋面。

最初是二十世纪九十年代，那时我与沈昌文、吴彬、赵丽雅、陆灏合作，做“书趣文丛”“新世纪万有文库”等选题，经常在京拜见一些老前辈。赵丽雅几次跟我说，有时间去拜见范公。只是那时我在辽宁工作，每次来京匆匆忙忙，事情不断，终于错过机会。

本世纪初，《傅雷家书》修订版落户辽教社。此书与范公及三联书店相关，二〇〇三年我写文章《关于人和书的随机思考》，其中一段谈及此事：“刚刚在《文汇读书周报》上读到范用先生的文章，谈《傅雷家书》的缘起和编辑过程。一位职业的老出版家，为了编辑好傅雷的作品，倾注了那么多的心血，心中不觉涌出一阵阵的感动。眼下《傅雷家书》畅销一百多万册，版权也已经几易其主，现在由我们出版。为此，范先生曾经来信，和我们讨论一些相关的问题。他的叙述总是那样的中肯、平和，让人尊敬，即使他心中翻滚着依恋的波涛。我没见过范先生，好像在某一天，有一部电视片在介绍他；片中的他显得很瘦弱，他回顾着自己丰富的文化生活，说到动情处，唱起旧日的歌谣，竟流下热泪！”

二〇〇九年下半年，我来北京工作。翌年有一天，我对沈公说："这回有时间了，我想去拜访范公。"当时范与沈的矛盾被传得沸沸扬扬，但我们时常流露出对范公的敬慕之情，沈公从未表现出一点异样的感觉。那次他说："抓紧时间去看看范用吧，他已经卧病在床。"九月传来范公离世的消息，让我难过不已。

范公去世后不久，我见到汪家明先生，他曾在三联书店工作，与范公、沈公和董秀玉先生等老辈的关系都很好。他整理出版过多部范公的著作，因此我问他，能否帮助选一部范公的书稿，由海豚出版社出版。他答应我的请求，还感慨地对我说："前辈之间的恩恩怨怨，千曲百折，我们晚辈如何看得懂呢？"

二〇一二年沈公自传《也无风雨也无晴》在台湾出版，

二〇一四年海豚出版大陆版。这一年九月二日中午，我为出版宋木文先生《思念与思考》，请他们夫妇小聚，沈公在座。宋先生是国家新闻出版总署前任署长，他知道沈公会来，事先在网上买一本《也无风雨也无晴》，认真阅读标记，见面时一一指出哪里写得好，哪里有问题。说到范公时老署长有些语重心长，他对沈公说："你讲的许多事情有道理，范用后来对你的态度确实不好，但他作为你的领导，也曾给过你许多帮助和支持，所以你最好不要再多说那些往事。"当时我看到，平时一贯嘻嘻哈哈的沈公，此时却耸了耸肩，点点头，脸上现出尊重的表情。一年后老署长突然病故，离开了这个世界。

此后三年，沈公依然每周背着书包，去三联、海豚走几次。有朋友聚会，我们发邮件通知他，一般都会来。只是他耳朵背得愈发严重，一般不理会我们胡言乱语。最近一次小聚，徐时霖先生谈到，三联老辈的矛盾不是个人恩怨。沈公似乎听到"范用"的名字，他接话说，我与范用的矛盾缘于两点：一是他认为我是他的徒弟，给他丢脸。二是我没有做到他的要求。我问哪些要求？沈公说：《读书》的终极追求，巴金《随想录》全本，还有"韬奋精神"的实质。

远去的大师

在百年商务印书馆的舞台上，曾活跃过三位大师级的人物，他们是张元济、王云五和胡适。其中王先生，我写过很多介绍文章，三年前还有著作《出版家王云五》完成，此处不再多言。

先说张元济先生。我也写过几篇文章，如《根植于民间的出版大师》和《民间出版的文化力量》，但我最关注张先生的故事，是我在《大师的纠结》一文中谈到的，他一生在五件事情上的做法。

一是戊戌变法失败，他受到朝廷“革职永不叙录”的处罚，从此立下“名不入公门”的人生信条，开辟一片出版天地。二是辛亥革命时期，他作为旧王朝的遗臣，最初不相信大清二百年基业会轻易崩塌，如他闲章“戊戌党锢孑遗”，孙中山也曾说商务印书馆是“保皇党余孽”。再如他未顺应时变、修改教材，错过商机，导致陆费逵先生树帜中华书局。三是“回避政治”，使商务印书馆错过《孙文文选》《中国拼音文字草案》和《鲁迅全集》等著作出版。四是译介西方典籍，以“不求赢利，但求不亏本”为准则，也是光绪皇帝召见他时，那一句“外交事关重要，翻译必须讲求”，让他一直认同。正如他在一首诗中写道：“我国有史四千载，步步陈迹只相因。欧风美雨猛澎湃，东来豁出新乾坤。”五是二十世纪中叶以后，他以八十几岁高龄出山，为商务印书馆及文化事业奔波，甚至打破自己“名不入公门”的人生约定，直至终年。

世事多舛，但通过这五个人生结点，可以让我们认识一位真实的出版前辈，一位真正的文化大师。

再说胡适先生。其实他算不上出版中人物，即使他与上海商务印书馆有着千丝万缕的联系，但与他丰富的人生经历比较，也只是一闪而过。所以称胡适为大师，远不仅在出版的意义上。我敬佩他的才智和学问，喜欢品读他的白话诗。

有人说胡适是一位远去的大师，其实早在二十世纪二十年代，他就该远去了，不信你读那首《双十节的鬼歌》：“大家合起来，赶掉这群狼，推翻这鸟政府……那才是双十节的纪念了！”据《胡适日记》记载，《双十节的鬼歌》与《希望》同一天写就，后来《希望》被改写为流行歌曲《兰花草》。胡适还有一个诗句更流行，那就是《女人花》中唱道："爱过知情重，醉过知酒浓。花开花谢终是空。缘分不停留，像春风来又走，女人如花花似梦。"歌词的前两句，取自胡适《梦与诗》："爱过才知情重，醉过才知酒浓——你不能做我的诗，正如我不能做你的梦。"另外，赵元任先生曾为胡适《也是微云》谱曲，其中一段诗句极美："不愿勾起相思，不敢出门看月。偏偏月进窗来，害我相思一夜。"

胡适的白话诗，主张"作诗如作文"。最初梅光迪先生反对，胡适写诗反驳道："老梅牢骚发了，老胡哈哈大笑。且请平心静气，这是什么论调！文字没有古今，却有死活可道。古人叫作欲，今人叫作要。古人叫作至，今人叫作到。古人叫作溺，今人叫作尿。……"梅先生读罢讽刺说："读大作如儿时听'莲花落'，真所谓革尽古今中外诗人之命者。"

如果问，你最喜欢胡适哪首爱情诗，我会说《我们的双生日——赠冬秀》和《秘魔崖月夜》，前一首是奇葩，后一首是凄美。据说胡适直到去世，还将《秘摩崖月夜》的最后两句，挂在台北寓所的墙上："山风吹乱了窗纸上的松痕，吹不散我心头的人影。"

好人家的孩子

在一九九〇年前后，我通过赵丽雅认识沈昌文先生，那时他已经六十岁。我们的年龄相差二十五岁，在沈公的眼中，我们当然都是孩子。近三十年交往，沈公说了那么多闲话，其中有些一直留在我的记忆中。比如“好人家的孩子”，每当他评价一个晚辈时，总会把这句话挂在嘴上，他认为学历、才能或背景都是第二位的，只要出身于好人家，是好人家的孩子，就不会做太出格、太极端的事情，就可以一起做事，传授什么，托付什么，才能放心。

那么，他说过谁是“好人家的孩子”呢？

我记得在北京做事，他组织一个策划团队，选人时他说过，吴彬、赵丽雅、陆灏，还有后加入的于奇，都是好人家的孩子。还有在一九九八年，他推荐我与上海贝塔斯曼书友会合作，对方的主持人潘燕女士，工作能力极强，精通几种语言，在海内外打交道都游刃有余。我们不了解她的背景，但沈公介绍时说，潘燕是好人家的孩子，可以放心合作。再有沈公与辽教社合作多年，接触很多辽宁的人物，被他称为“好人家的孩子”很多，我记得有柳青松、王之江、王丽君、许苏葵、张国际和崔崇等等。

那么在沈公眼中，我是什么人呢？我自我感觉，沈公认为，俞晓“穷”（他至今读不准那个“群”字）出身的“人家”是好的，但后天所学还要观察。比如有点官气？有点傲气？这都次要，关键是俞晓群的学问太另类，都是数学、数术一类东西，没办法交流，文化圈的事情不太熟悉。最初合作，沈公曾抱怨两点，一是无论沈公说什么事情，辽教社的人只是点头，不知是懂了还是懂了呢？其实是我铁心拉沈公入伙，对他的指示言听计从，不二话。二是沈公发现，俞晓群从不独行，每次见面，身后总会跟着几位彪形大汉，想说点私房话都不能。其实是我性格使然，遇事习惯与周围的人商量，诸如王之江的中文，张国际的新潮，柳青松、李忠孝的历史等。后来彼此逐渐了解深入，我们的共同点越来越多。到我四十几岁时，身体发胖，肩宽背厚，有一次见面，沈公抚着我的后背调侃说：“看看晓穷（群）这肩背，看上去就靠得住。”

二〇〇八年沈公自述、张冠生整理《知道：沈昌文口述自传》出版。一晃十年过去，现在海豚社计划重印此书，我又将书稿认真读几遍，勾起许多往事。尤其是“好人家的孩子”这个观念，我发现沈公虽然一生自嘲，但在这个问题上，他一直极为认真。他说的“好人家”，不是家里有钱有势，纨绔子弟，沈公四岁时，父亲因为吸食鸦片早早去世，家里很穷。不过祖母和母亲一直告诉他，我们是好人家的孩子，做什么事情都要有身份。什么身份呢？举几个例子：

一是要上最好的学校。沈公原名沈锦文，为进入陈鹤琴主持的一所学校，因为没钱交学费，只好冒充一位王姓亲戚的孩子，将名字改为王昌文，一叫就是六年，离校后才改为沈昌文。二是要与好孩子一起玩。祖母坚决不让他与街上“野蛮小鬼”交往，所以没有沾染坏习惯，不赌，不抽，不会骂人。每天躲在家里看书，时而趴在墙壁的木板缝处，观察外面的街市。沈公说，“这也养成我一生喜欢从板缝里看世界的习惯”。三是要做听话的孩子。祖母告诫他不要恶语伤人，遇事不要顶撞，不要做揭竿而起、拍案而起的举动。沈公说，这就是奴才主义。但他恁些年经历那么多风风雨雨，能够不生恶事，还是祖母的话引导他一生平安。

特装书

我制作特装书，起因于林道群先生的引导。二〇一一年他帮助我策划《董桥七十》真皮版，使我开始对这一门类的产品产生兴趣。几年下来，我的热情愈来愈浓，几次派人去欧洲考察，与那里的艺术家、出版家合作，对西方装帧艺术的理解不断深化，单说近期，就有几部重要产品陆续推出。

其一是王强《书蠹牛津消夏记》，我们专门制作小牛皮特装版，四种颜色，封面运用压凸工艺，封底采取热转印技术，书脊为竹节装，辅以烫金和经典剪影，还有内环衬纸的图案、内插页的纸张等等，处处都有说道。二百册特装本，耗费近一年时间制作，其中包含大量手工和创新技术，后面还有几十本毛边灰色小牛皮版在制。

其二是陈子善《签名本丛考》，出版此书恰逢陈先生七十大寿，我们创意定制七十本红色羊皮版，书脊竹节装，以示向陈先生致敬。此书还没见到模样，已经被读者订购一空。

其三是韦力《上书房行走》，定制一百册羊皮版，四种颜色，书脊竹节装，随书附赠一张古书页复制品，是韦先生私家收藏，拿出来答谢读者。此书预订也已经售罄。

另外韦先生《觅理记》分两卷出版，他极为看重此书的文化价值，我们的制作更为用心，普通版封面用特殊材料，双色套装，十分惊艳；在烫银工艺上，添加一幅韦先生提供的中国古代画作，制作方法也是首创。小牛皮特装本又有许多全新的设计，韦先生的赠品也已经确定，其创意之美妙超乎想象。

中国传统书装是所谓线装书，现在通行的书装方式，产生于近百年来西方装帧的传入，上述特装书更是西方书装的一个门类，也可以说是核心门类，几百年来它已经成为一门艺术，经久不衰，许多西方名著都有特装本的制作。比如谢尔《启蒙与出版——苏格兰作家和十八世纪英国、爱尔兰、美国的出版商》一书写道，十八世纪，休谟《随笔和论文集》四开本出版，就曾经制作一种摩洛哥皮封面的版本，非常珍贵。所谓摩洛哥皮，它是一种用山羊皮制成的质量特别优良的皮革，通常被染成红色，有时也有绿色、蓝色或黑色，是最昂贵的书籍封面材料之一。

三年前，我们为学习西方特装书制作方法，与伦敦装帧艺术家罗勃·谢泼德先生交往，翻译出版他的著作《随泰坦尼克号沉没的书之瑰宝》。近日还会出版他的著作《艺术中的灰姑娘：西方书籍装帧》，在北京和上海书展首发，罗勃先生莅临签售。同时我们还与伦敦萨瑟伦书店合作，与作家郑海瑶（恺蒂）合作，在海外出版中国古代典籍如英译《牡丹亭》《红楼梦》和一些衍生品，还有一些西方经典的引进等，研究一些有趣的事情，其核心大多集中在特装书的制作上。比如我们在罗勃的专卖店中，买到三张摩洛哥山羊皮，准备用于某书的装帧，还在翻译一本百年经典小书《书籍的装帧和保养》。

总结这些年做特装书，有两个观念需要铭记：一是传承与创新的结合。西方手工装帧艺术绵延数百年，优秀产品太多，至今新品不绝。我为王强先生制作他的《书蠹牛津消夏记》，他一再强调不能简单模仿，要有独到的艺术思考，因此才有此书装帧的突破和成功。二是精细与慢工的结合。我们见到一对英国夫妇，他们三十几年兢兢业业，只做十几本特装书，都是私人定制，上至皇家定制《圣经》，下至平民定制《家谱》，每年订单太多，根本接不过来。但他们绝不肯做突击的事情，保持心平气和，一丝不苟。

剪刀上的钢印

读《知道：沈昌文口述自传》（沈昌文口述，张冠生整理），其中有一段故事写道：

宁波人经商有许多行规，比如沈先生学习做首饰，见到有些首饰上面打着钢印。师傅说，这是一种师徒传承。师傅的名誉通过钢印传递给徒弟，说明师傅要担保徒弟出手产品的品质。如果徒弟将钢印打在一把铁剪刀上，他可以把剪刀当作黄金卖掉。收购这把剪刀的人，可以拿着这把剪刀找你的师傅算账，你的师傅要按照金价赔偿。沈昌文先生感叹，那时候的行业就靠诚信保证。

多年与沈先生接触，几次听他讲述这段故事，有两点让我一生铭记，一是诚信是做人的生命线，再一是师徒传承的意义。近日重读《知道：沈昌文口述自传》，我发现这只是一个故事的开端。

沈先生说，大概在一九四九年年底到一九五〇年，三联书店在上海有个刊物叫《生活日记》，他们在上面刊登招工广告。沈先生前去报名，告诉人家，自己只是一个首饰店的学徒工，希望去三联书店工作。结果未能被录取。沈先生后来回忆说："我估计是自己太诚恳，写出真实背景和心情，所以人家没要我。"有趣的是三十年后，三联书店在北京复业，沈公成为第一任总经理。

一九五〇年底，上海人民出版社在上海招收校对员，要求具有大学二年级的程度。当时沈先生与几个同学去报考，他们一个是职业青年，一个从事路灯照明，还有一个卖文具。沈公说，这次他们接受上一次的教训，不再说真话。声称自己是学新闻的大学生，还办一份报纸《学习报》。其实是那位在文具店学徒的同学，他有办法印报纸，还有办法刻《学习报》图章，印《学习报》信笺。他们就用这些东西弄出一个介绍信，"介绍本报工作人员沈昌文前往应考"。结果居然通过审核。后来沈先生才知道，负责招收校对员的那些人事干部，都是从延安或新四军来的，根本不了解上海的情况，所以有可能弄虚作假，伪造证件和介绍信。沈先生说，进入笔试时，他把"社会发展史"这一套背得烂熟，最终得到录取。

这批录取的人员中有十个人被转到北京，进入人民出版社，沈先生在其中，一直表现很好。后来赶上一个“忠诚老实运动”，就是杨绛所说的“洗澡”，要讲忠诚老实，交代历史问题。沈先生既忠诚又老实，把过去的那些糗事全部交代出来，甚至把帮助首饰店老板造假账的事情都说了。人民出版社人事部门领导说：这个人不适合留在北京，让他回上海去。沈先生说，这就等于辞退。那时他的心情非常悲哀，以往全部的努力都白费了。

再后来有两件事情救了沈先生，一是写文章出书，沈先生俄语很好，又经常翻译一点俄语文章，在报纸上发表。到一九五四年，他又翻译出版一本《出版物的成本核算》。那时搞出版的人不会俄语，会俄语的人搞不懂那些出版行话，所以沈先生发挥优势。再一是沈先生为人老实，诚实交代自己的历史问题，受到几位老领导王子野、范用的欣赏，他们说：这个人不能走，他是工人阶级知识分子！这一下沈先生的地位不降反升，他后来感叹，也是我老实，还有点小聪明，从此我就进入了坦境。

张冠生先生在整理《知道：沈昌文口述自传》时写道，沈先生说到“坦境”两字，出现十分特别的语气，味道非常类似乔榛或是濮存昕朗诵演出时的效果。可见回忆至此时心情之好。

海上画梦录

一九九八年，我在辽宁出版《海上画梦录》，二十世纪上半叶奥地利画家希夫绘，钱定平先生译。不久董乐山先生写文章《梦中依稀忆上海》，其中一段写道：

> 病中无聊，正经八百的书看不动，武侠言情之作又不屑读，幸有老友沈昌文兄不辞劳苦，从外地回来时总肩负一只中学生沉重书包给我送些我感兴趣的读物来，慰我寂寥。……最近他从上海带来一本奇书，是旅德学者钱定平先生编译、由辽宁教育出版社出版的画册《海上画梦录》。说它是一本奇书是因为画家希夫是二十世纪三十年代起在上海做客直到“二战”结束才离去的一个奥地利年轻画家。……希夫于一九三〇年到上海，一直待到一九四七年失望离去，在这十七年的时间里，他以独特的写实和浪漫相结合的笔法所画的一百多幅漫画和人

物速写，全面概括了当时半殖民地上海的风貌。他笔下的芸芸众生有囤积居奇、脑满肠肥的奸商，趾高气扬的洋行老板，阿谀奉承的买办仆欧，卖笑的妓女、舞女及后来的吉普女郎，贩夫走卒，黄包车夫和他们的克星印度“红头阿三”（这是香港传来的对警察的“尊称”“阿sir”，到了上海人的嘴里成了鄙夷之辞，在挨了警棍之后，骂一句“触那‘红头阿三’”，多少满足一下阿Q式的报复心理）、末路王孙白俄、日本鬼子、美国水手和大兵，甚至东欧来的犹太难民……形形色色，无奇不有。

正当今年上海书展开幕之际，我又想起这段往事。记得当年《海上画梦录》出版时，曾在上海举办希夫画展，当时上海领导接见沈昌文、钱定平先生和我。一位官员说，这么好的资源，为什么不在上海出版，却在辽宁出版呢？

其实在一段时间里，这样的情景一直发生着。此前的“书趣文丛”，许多书稿源于上海；还有“新世纪万有文库”，其中“近世文化书系”是在上海完成，最受好评。此后的《万象》杂志，编辑部也设在上海。究其原因，当然是沈昌文、陆灏以及一大批上海文人学者在发挥作用。记得二〇〇七年我陪赵启正、吴伟等去上海，在医院拜见王元化先生，落实《认识中国》出版项目，王元化、赵启正出任主编。陆灏安排全部活动。时任政府高官的赵启正部长事后感叹，晓群在上海有陆灏这样的好帮手，实在难得，我们没有。

二〇〇九年来北京，敬献给读者“海豚书馆”，还是在上海由沈昌文、陆灏先生组织书稿。此后每年参加“上海书展”，陆灏、王为松建议召开“两海文库”座谈会，至今已经八年。最初是上海书店“海上文库”与“海豚书馆”会师，后来是上海人民“脉望丛书”与“海豚小精装”互照，每次新书发布和签售都在一起。几年中到会者有巢峰、沈昌文、陆谷孙等前辈，许多重要组稿都是在“两海文库”聚会上完成，比如三年前与冷冰川先生相见，约做《冷冰川墨刻》；两年前与韦力先生相见，才有后来的《琼琚集》《硃痕探骊》《上书房行走》和《觅理记》。

回忆我与上海，最初是二十世纪八十年代后期，周山先生策划“东方人生五大难题”，称上海是起步之地；二十世纪九十年代结识陆灏、陈子善等，做一大堆项目，称上海是淘金之地；新世纪我重回出版一线，再续前缘，称上海是复兴之地。前不久出版郭泳《陈昕出版思想评传》，我谈到“有上海的历史和传承，才有中国现代出版的今天，任何时候，我们做出版的人都不能轻视上海”。这是我的真心话。

成名的秘诀

几年前读理查德·谢尔《启蒙与出版——苏格兰作家和十八世纪英国、爱尔兰、美国的出版商》，曾为“苏格兰启蒙运动”的发生而感叹，我在一篇笔记中写道：

> 十八世纪的苏格兰，一个边远的小地方。人们记得那座爱丁堡山城，还有男人们穿着花格裙装，吹着风笛的美妙场面。与此相伴的是贫穷和饥饿，是三万平方英里的国土，是糟糕而生硬的苏格兰方言，是不足一百万的稳定人口，是失去了王子、议会、独立政府和贵族阶层的社会状况……然而就在这里，在不到一百年的时间里，苏格兰产生了一个约二百人的“文人共和国”，他们撰写出数百部著作，其中的名人如大卫·休谟、亚当·斯密，其中的名著如《人性论》《国富论》。这些书，从爱丁堡、伦敦、都柏林以及费城，传向整个欧洲和美

洲，成为西方启蒙运动的号角与先锋！斯摩莱特说，在十八世纪中叶，“爱丁堡是天才的摇篮”；斯图尔特说，“这个国家的天才人物像雨后春笋般涌现，简直像变魔术”；一位英格兰游客说，“站在爱丁堡十字路口，数分钟之内，就可以抓到五十位从这里经过的天才和学者”。连大卫·休谟自己也感叹：“这里产生了如此之多的天才，我们真的会成为欧洲文学界最著名的人吗？”

这是什么原因呢？谢尔在书籍史的概念上给出回答：

其一，苏格兰人的团结模式。包括家族的纽带，师生和精神导师的作用，文人之间的密切关系等等。比如休·布莱尔在一封信中写道：“就我所知，上年纪的文人能对世间做出最大贡献的途径，就是成为后起天才的助力，或者使不知名的佳作摆脱默默无闻的状态。”那他们具体是怎样做的呢？谢尔援引书籍史记载，一是他们彼此提供出版计划和帮助，如在主编文集中收入苏格兰同仁的文章。二是前辈主动推荐晚辈的作品。三是在彼此的作品中互相推介，互相购买，互相收藏。四是在书前的献辞中致敬前辈，赞美同辈和晚辈。五是匿名赞扬，如约翰·贝休恩就在他的匿名作品中，称赞亚当·斯密是“这个哲学时代最理智和思想最敏锐的哲学家之一”。

其二，苏格兰人的署名方式。谢尔说，十八世纪的苏格兰作家用匿名方式出版著作和写文章，有许多原因：一是因为害怕英格兰人的偏见损害他们的作品，而不是像伏尔泰等法国启蒙哲学家那样，匿名是为了逃避审查和起诉。二是一种商业手段，比如那时的小说家不是通过固定的名字，把自己的作品联系起来，而是通过一个较早的作品来联系新作品。比如大卫·休谟《人类理解的哲学随笔》，它一七四八年四月版的书名是“由《道德和政治论文集》作者所写”。三是匿名写作是暂时的，一般初版时采取匿名的方式，一旦成名再版，就会署上本名。四是不断更改署名的方式，比如亚当·斯密的《道德情操论》，最初注明“格拉斯哥大学道德哲学教授”；第三版时他告诉出版商：“只写亚当·斯密，不必再加前后缀。”

其三，作者的肖像。那时极受作者重视，要请画家制作版画，主要采取线刻与点刻两种技法。书籍卷首安放肖像有一些原则：一是初版书不放肖像，出名后再添加。二是著作的纪念版一定要放肖像。三是遗作要放专门制作的肖像。另外《画家艾伦·拉姆齐》一书中，有一段关于肖像的故事：大卫·休谟请拉姆齐给卢梭画一幅肖像，最初卢梭极为赞扬。制成版画后效果不好，卢梭认为是休谟的阴谋，企图让他显得丑陋。

谢泼德先生

今年（二〇一七）八月，罗勃·谢泼德先生著作《艺术中的灰姑娘——西方书籍装帧》中文版出版，李凌云译。我们在北京老书虫书店和上海书展举办新书见面会，谢泼德先生从伦敦赶来，没想到两场活动气氛都很热烈，上海书展能容纳近百人的会场挤满听众，带去的书全部售罄，连展会预留的签名本都一抢而空。

说是热烈，当然不能与流行和时尚文化相比。兴起于几百年前的西方书籍装帧艺术，原本就是一个小门类，眼下更沦为艺术中的“灰姑娘”。时光穿梭，网络和数字化的兴起，传统出版似乎遇到灭顶之灾，书籍装帧只是纸质书的附属品，因此它的存在危机不言自明。此时在异国他乡，谢泼德先生的著作翻译出版，见到那么多爱好者，他兴奋得每天脸上都泛着英国式的红晕。他不断提醒翻译人员，一定要拍下购书者的照片，拍下那长长的购书队伍。

回忆我们与谢泼德先生相识，也有些偶然。那是在二〇一四年十月，我派杨小洲、吴光前去欧洲学习装帧艺术，他们在伦敦萨瑟伦书店见到一张大尺幅的《鲁拜集》封面复制品，正是桑格斯基设计、在泰坦尼克号轮船上沉入海底的那本书的封面。他们想买一张，书店老板说，这是赠品，只有购买一本 *Lost on the Titanic*，才会随送一张给购买者。杨、吴买了书，得到那张《鲁拜集》的封面画。回国后他们来到我的办公室，向我展示那张精美的画页，我却被那本书吸引。它是谢泼德先生的著作《随泰坦尼克号沉没的书之瑰宝》，我发现此书制作极其精美，内文中的插图都是用特殊纸张单独印刷后，再粘贴到书中，因此建议，通过萨瑟伦书店联系作者，拿到此书的中文版授权，抓紧翻译出版。确定二〇一五年三月出版，请谢泼德先生来中国做新书签售，同时跟他谈西方装帧艺术方面的深层合作。

我最初颇有些野心，试图将那本沉入大西洋海底的《鲁拜集》按照原样复制出来。那本书上镶嵌着一千多颗宝石，还有无与伦比的皮装书镶嵌艺术，精美的绘画，天衣无缝的手工装帧技术，每一处细微功夫都让人折服。依据中国人的聪明和智慧，我相信假以时日，这些工艺都可以在东方再现。

但西方有一个传说，称《鲁拜集》为不祥之物，尤其是桑格斯基设计的这一本“世界最豪华的书”，从诞生之日起就一直与厄运相伴，最初因为英国经济萧条卖不出好价钱，卖给美国人后又随船沉入海底，几个月后三十七岁的桑格斯基溺水而死，后继者布雷先生复制此书又被德国人的炮火焚毁。所以有朋友听到我的想法，半开玩笑地对我说：“还是不要做此事。”

对此我不甘心，曾经问谢泼德先生：“真会有厄运么？”他笑着说：“不会的。布雷先生曾按照桑格斯基的设计，重新复制出《鲁拜集》，“二战”中被德国人焚毁；一九八九年，布雷先生再次成功复制此书，后来被永久借予大英图书馆。布雷先生活到八十八岁，在一九九五年圣诞节前夜安然去世，并没有再遇到厄运。”

一九九八年，谢泼德先生收购了桑格斯基的公司，延续他们的装帧艺术，同时得到许多一手的历史资料，因此才有一部部著作的诞生。如今谢泼德先生已经六十五岁，成为著名的装帧艺术家和国际古旧书商联盟的财务主管。他接上面的话头开玩笑说：“我不是也活得很好么？就是有一次为英国女王定制图书，受到女王接见，但媒体发出的新闻图片把我切掉了，让我郁闷至今。”

开本的意义

几年前我曾在一篇文章中谈到，谢尔《启蒙与出版——苏格兰作家和十八世纪英国、爱尔兰、美国的出版商》一书中，谈到十八世纪西方人对于书籍开本的认识，其中许多故事很有趣味和意义。近日做特装书，不断触及相关概念，因此重读此书，做一点梳理：

首先是商业上的考虑，从对开本、四开本、八开本到十二开本，图书的制作成本步步递减。比如同一套书，八开本的书制作成本只是四开本的一半，定价只是四开本定价的三分之一。所以作家的内心是矛盾的，他们既想做大开本的书提高声誉，获取更高的版税，又想降低开本、降低成本，多卖书占领市场。

比如一七五六年，大卫·休谟在给一位出版商的信中谈到，他非常渴望能把《随笔和论文集》做成四开本，为此他考虑先出版价格低廉的十二开本，多卖掉一些书，从而积累足够的资金，用于制作四开本。后来休谟的愿望实现了，《随笔和论文集》有四开本红色摩洛哥羊皮装帧的版本面世。一七七六年三月，詹姆斯·包斯威尔在牛津彭布罗克学院的威廉·亚当斯图书馆中看到此书，他在日记《不祥之年》中记录了当时的惊愕，他认为“一个‘异教徒作家’不应该享有这样的待遇，这种‘教养和尊敬’的标志是属于上流社会学术辩论的对手的”。谢尔说，如果是平装十二开本，包斯威尔就不会在意了。

根据统计，十八世纪的畅销书，其中百分之二十五是十二开本的书，百分之九是八开本的书，百分之十七是四开本的书。

其次是在人们的心目中，书籍的开本不同，其意义也不同。

其一，对开本。谢尔写道：“对开是一种特大号的、笨重的版式，在这个时代，通常只有参考书或者法律、医学和美术的新颖作品才使用。”比如亚历山大·蒙罗的著作《论神经系统的结构与功能》，就是采用对开本。但进入十八世纪末，对开本不如四开本流行，比如詹姆斯·包斯威尔，他试图把《萨缪尔·约翰逊传》由两卷四开本改装为单册对开本时，他的朋友说：“那还不如把它扔到泰晤士河中去，现在没有人会读对开本的。”

其二，四开本与八开本。十八世纪以四开本出版图书是一种特殊地位的标志，“它是供给富人和有学问的人的大尺寸的书”，并且它在商业上也有可行性，因此成为爱慕虚荣的作者们的追求。而八开本的书，其地位的象征意义就显得低很多。比如一七九一年威廉·罗伯逊在出版一部历史著作时，他在给一位书商的信中写道：“我不能不顾四开本著作的尊严，而堕落到八开本著作的行列中去。”当时的历史学著作，以四开本问世的数量几乎是八开本的两倍，因为“有教养的读者对此区别非常敏感”，一位勋爵的妻子甚至说：“我无法想象，八开本的书可以匹配历史学的尊贵。”此外，政治经济学和诗歌（尤其是史诗）这两个门类，四开本的书比较常见。

当然，作者对于开本的认识也会发生变化。比如卡姆斯勋爵《人类历史纲要》初版时，如果不用四开本印刷，他会认为受到侮辱。但两年之后，他督促尽快推出八开本，因为他担心盗版书出现。

总之，书籍史揭示了作者与出版商之间的微妙关系。正如谢尔在剖析大卫·休谟成功的秘诀时说：“他是十八世纪英国作家中，第一个试图用出版左右自己命运的人。”一七七一年七月，休谟曾经对他的书商说：“一个作者只要还活着，就能改进他的作品，这是印刷艺术带来的一大益处。”

三十五年过去

回想二〇一六年九月，我已到法定退休的年龄。那天晨光大白，我端坐堂中，一杯清茶在手，不觉晓梦飘来，思想避离尘世，口中吟咏陶渊明的老句：

> 先生不知何许人也，亦不详其姓字，宅边有五柳树，因以为号焉。闲静少言，不慕荣利。好读书，不求甚解；每有会意，便欣然忘食……常著文章自娱，颇示己志。忘怀得失，以此自终。

不过那只是一段梦境。忽一纸合同飘来，延聘如斯，没有商量。我只好“重打精神”，一年之期，也使我自一九八二年一月始，在国企做出版，一举达到三十五个年头。

延便延了，好在时光易逝。转眼之间，我带着处女座的偏执与浪漫，又迎来二〇一七年九月。但这一次有前番经历，我早早告病，声言老之将至，疲态尽显，残旧之人，理当告老还家，让位于后进良才。此时心情，但求秋风落叶，归隐书林，杨柳为依，芝兰为伴，清心自在，以了旧愿。

何为“旧愿”呢？说来我生性孤僻，六十几年经历人世磋磨，面上轰轰烈烈，实则在内心深处，一直萦绕着两点追求：一是归于平淡生活，换来人生的身心平和；再一是毕生理念，崇尚“平等、互助和自我牺牲”的伦理信条，崇尚“己所不欲，勿施于人”的人生铁律，还有对巴枯宁、克鲁泡特金和安那其主义的研究。

回望我三十五年走过的出版道路，可谓“一波三折”。

一是一九八二年一月我在大学数学系毕业时，原本安排我留校，先做一年政治辅导员，再去做业务助教；或去团委工作；或去调干班学习。以上均非我未来所愿。后来分配名额下来，其中有一个“出版社编辑”的名额，那时我对出版一无所知，只是曾经投过书稿，只是一种神秘感，只是为了逃避什么，因此才贸然跳入出版行业之中。

二是二〇〇九年六月，我离开辽宁出版集团，到北京工作。此前我在集团做了八年副总，其中六年完全离开出版一线，与作者、读者拉开距离。但我实在无法适应那样的工作环境和性质，所以在五十三岁时，还背井离乡，毅然去做

"北漂"。

三是二〇一二年末，海豚出版社品牌建设初见成效，但由于规模增长过快，资金出现问题，我开始提出增资扩股的企业走向。为此一做就是四年，最终得到中国外文局和中国工信出版传媒集团有限责任公司（简称"中国工信出版集团"）的支持，完成企业的股份制改造，使出版社走出困境，使文化理想得以实现。在这个艰难的过程中，有一些非常值得记忆的人，我在后续《一个人的出版史》中，一定会向他们致敬。

就这样，转眼之间三十五年过去。你觉得很长么？我却想到沈昌文先生。他从事出版六十余年，为文化传播做许多好事情。说起来，沈公有两个"纪念会"让我难忘：一是二〇〇一年三月二十四日，沈公年近七十岁时，我们在京举办"沈昌文进京五十年纪念会"。当时毛尖献上祝词，其中一句写道："再育牛鬼蛇神三四代，再掀出版风雨五十年！"再一是二〇一一年九月十五日，沈公八十岁时，我们在京举办"沈昌文《八十溯往》出版纪念会"。当时王蒙先生到会，他欣然赞道："大哉沈公，无所不通；大哉沈公，无所不精；大哉沈公，随心所欲；大哉沈公，嘻嘻松松。"

相形之下，人生如斯，与前辈比较，我还是感到惭愧！

签售的目的

近些年出版社搞签名售书，请作者与读者面对面交流，已经成为一种常态。但出版社每年出版新书很多，不可能每本书都组织签售，因此提出问题：我们该选哪些作者或作品参加签售呢？

通常认识，首选是“人气”。一部书能让更多的读者购买，一定是签售的重要目的，有时也是唯一目的，这一点无可厚非。但深一层思考，还有“品味”。签售活动不能完全等同于一般销售，一位作者站在那里侃侃而谈，挥笔写下他的祝词和名字，此时他的表达已经大大超出作品本身。除去纸上的内容，还有更多的文化信息传递出来。在这里我强调品味，并不是在比较众多作者的格调高低，而是说作者、读者和出版者的气味相投。

成熟的出版者不会将“卖得多”作为签售活动的唯一标准，还有推介作者、团结读者、塑造品牌等许多因素在起作用，最终归结为一个出版社或一个独立出版人的文化品位。常言“人以群分，物以类聚”，正是一种体现。

几年前，我曾听一位西方出版公司的CEO演讲，她谈到西方出版合同中，往往会有双向的约定：一是作者约定出版社一定要搞特定的推介活动，再一是出版社要求作者要有与媒体和读者的交流能力。尤其是跨国出版公司，他们对作者的语言能力、演讲能力以及多元文化的理解能力等十分看重。

我在海豚出版社工作期间，每年要举办多场新书签售活动，有些经验值得借鉴：

一是选择城市，所谓一线城市是首选，一年之中你在北上广深举办多少场活动，往往反映着出版社推出多少重头书。当然你的书是否“重头”，不是出版社单方说了算，因为签售活动能否举办成功，常常是出版社与一座城市的双向选择与互动，常常是一些著名的独立书店在起作用。出版方独断的签售活动无异于强买强卖，成功率很低；至于公益性的签售活动，又当别论。

作者与出版社更高的荣誉，是受到一座城市的主动邀请，它的意义远远超出卖书本身的价值。像十几年前，苏叔阳先生著《中国读本》，德国贝塔斯曼书友会邀请他去法兰克福书展，坐在蓝沙发上，接受德国一家电视台的直播采访。还有在台北与香港书展期间，一些作者能够受邀在那里搞讲座和签售。这两年出版王强先生《书蠹牛津消夏记》，有海豚与香港牛津两种版本，台港两地均邀请王强先生莅临演讲签售，可见“大腕儿作家与作品的号召力”。

二是选择书展，每年各类书展很多，出版社参加哪一个，常常受商业、习惯与情趣的影响。海豚出版社除参加北京几个重要书展和全国书市之外，参加最多的是上海书展与深圳读书月。在八年之间，上海书展几乎左右我们的出书计划，也是一段奇缘。

三是选择书店，在我的联络地图上，标注着许多书店的名字：北京涵芬楼和单向街、深圳尚书吧和中心书城、上海思南公馆和之禾书店、南京先锋书店、长沙熬吧和梅溪书院、苏州古旧书店，还有连锁的方所、西西弗、纸的时代等。大牌作家会选择书店，比如上海学者来北京签售，喜欢去涵芬楼，那是一种文化象征。有些讲座并不希望太多人参加，英国书籍装帧艺术家罗勃·谢泼德先生来北京签售新书，选老书虫书店，要预购门票。一个周末的晚上，在老书虫幽暗的灯光下，与一位远道而来的英国绅士轻声聊天，二三十人围坐才恰当。

牛皮与羊皮

前段时间写文章《特装书》，引来不少询问，有问皮书保养方法，有问牛皮与羊皮的选择。还有人调侃我说："什么特装书？你就是特能装的人啊。"哈哈，继续装，再讲一段装书用的"封套"。

真皮版图书贵重，每本书都要做一个封套保护。一般要等真皮书做好，再另找厂家，根据皮书的尺寸制作封套。做封套的厂家专做各种包装盒，比如近日在赶制月饼盒子，忙得一塌糊涂。他们不愿接出版社的活，数量少，要求高，还太啰嗦，做小了怕磨书，做大了怕晃荡。王强的《书蠹牛津消夏记》，北京雅昌制作，一般的封套用硬纸板制作，我们非要用合成木板材料，整体硬挺，受压不变形。吴光前先生设计，外面粘上淡灰色麻布，接缝处留着毛茬儿，说明是手工制作，追求返璞的效果。每一本书的尺寸都严实合缝。

陆灏先生存一套真皮版《书蠹牛津消夏记》，他对我说：

“此书果然工艺精湛，一本书放入封套中，书与封套几乎没有缝隙，其中空气慢慢溢出，书会渐渐下降，直至落到封套底部。”

今年（二〇一七）七月香港书展，王强先生应邀去演讲，并签售牛津版《书蠹牛津消夏记》。此书已再版，封面颜色也由蓝灰色换为红色。回来后王强对我说：“此次香港之行见到董桥先生，这是我们第一次见面。他请我吃饭，席间对我收藏西书颇为赞扬，大有‘惟使君与操尔’的感觉。我送他海豚出版社真皮版《书蠹牛津消夏记》，他反复把玩，见到小牛皮，见到书脊上的竹节，转头对林道群先生说，应该做到这样的工艺。”

这里说到小牛皮，我们最初讨论此书材料时，我倾向用羊皮，王强几经思考，还是坚持用小牛皮。两者区别，牛皮挺实、平整、光滑、耐磨，但手感冰冷、无纹理、无油润感；羊皮柔软、细腻、质感、纹理清晰、手感温暖，但硬度不够、不耐磨、吸湿、发涩。我们开玩笑说，两者一阳一阴，摸牛皮如触壮男，摸羊皮如拂少女。据言西方书籍装帧，男士喜用小牛皮，女士珍藏的小书常见羊皮。

做韦力先生《上书房行走》，征求韦先生意见，他让我们定。此书记录韦先生走访当代藏书家书房，文字亲切生动，内容丰富有趣。为此我们采取主色调为紫色，有温馨之感。封面、封底、书脊切开皮料，打开三个方形的窗子，露出一幅名画局部，此种工艺极难，处处需要创新。特装本选用羊皮，以求格调吻合。但此书做封套时遇到麻烦。先是封套设计较大，我们试图将韦先生赠送的一张“古书页”放入其中，结果做出来显得很厚，偏离书形，缺乏美感。还有外面的颜色，最初用暗红色，也与内中的皮书不大协调。为此我们决定重做，改变原来的尺寸和颜色。

做出来后突然传来消息，说盒子又做小了，放入书时，没有渐入的效果。三朝对案，经过一番争吵，总算弄清原委。封套尺寸没问题，做得如雅昌一样，问题还是出在牛皮与羊皮的差异上。牛皮光滑，可以产生陆灏说的效果；羊皮较涩，加上今夏北京阴雨连绵，湿度大，放入就不光滑。如果加上塑封，立即出现陆灏说的状态。解决方案，一是送回工厂再加压定型一次；再一是书拆开后保留塑封，或找一张薄薄的油纸包一下，再放入套封，还可以避免真皮磨损。

牛皮与羊皮，成本相同，关键是个人喜好。我们还有几种书在制：陈子善《签名本丛考》羊皮、牛皮，薛冰《古稀集》羊皮，韦力《觅理记》小牛皮。

“九〇后”来了

我组织出版“海豚小精装”随笔系列图书，已经有七年时间。最初是董桥《小品》《橄榄香》和《英华沉浮录》，它们有“当代中国第一散文”的美誉。直到王强《书蠹牛津消夏记》、韦力《琼琚集》《上书房行走》和《硃痕探骊》，两位藏书家中西互照，也将“海豚小精装”的影响力，推向一个新的高度。

两年前我曾以年龄为序，从“三〇后”到“八〇后”，一口气写下多篇文章，用一个个人物故事，串起这个时代笔墨传承的一缕流光。他们都是书写随笔的高手，我为他们出版漂亮的集子，回忆与他们交往的日子，积年累月，其乐融融。

到“九〇后”，时间戛然而止。

终于在那一天，王强先生发来微信。他说有一个年轻人叫李一格，有超常的写作天赋，她出版过随笔集《格外》。当然她的才华还在更多方面显现：二〇一四年，她放弃美国常春藤盟校的申请，考入全球创新精英大学 Minerva——这是一所比哈佛还难进的先锋大学，当年录取率只有百分之二。她担任清华 iCenter 导师。她担任亿航无人机公司北美副总裁，二〇一四年，该公司已经获得 A 轮一千万美元和 B 轮四千二百万美元融资。她担任西北工业大学创客班导师。……

但今年，李一格只有二十三岁。现在她又有一部新稿《逐步》完成，思想的摹写，跟随着青春的脚步，在世界上行走：如此扎实的童子功，如此空灵、柔顺、深邃、跳跃、闪动的表述才华，即使是一位文坛老手，也不时会发出情不自禁的惊讶之声。王强先生以善读书而名天下，他深深赞叹一格的文字之妙，亲自推荐她的书稿，亲自为她的新著书写序言《风与空气的印痕》。

终于在那一天，极忙的王强先生破例陪伴李一格来到海豚出版社。第一眼印象：一个完完全全的小女生。虽然她美丽，虽然她显露女性优雅的形态，虽然她的目光中不时闪现出超乎年龄的自信，但这一切都被青春与纯真包裹着，反而使她的气质显得出尘超逸。

王强赞扬她的文字“像风，旋上旋下，忽远忽近，或壮阔或精微，裹挟着突如其来的意象，新奇而自然，不露声色，洗劫平庸的阅读期待”。俞敏洪赞扬她的文字“有着诗一般的意境，如果带着读诗的态度去读这本书，可能更加有助于你的理解”。

此时，我却想到一格得以成就的两点基因：一是当她与朱军站在一起主持节目时，她内心中感念早年父亲不断在她耳边絮叨的两句话：“写点儿吧”和“说两句”。还有母亲对她的告诫：“人看问题自己得善良。”再一是她的人生阅历，那么多超常的见识，使她的目光由单纯和惶恐，早早变得坚定、自信和平静如水！有人说二十世纪是科技世纪，二十一世纪是人文世纪。自由的选择，为我们的“九〇后”打开一扇人文之窗，也许这正是一个族群未来的希望。

《逐步》封面设计，主体黑色，像女性一袭高雅的晚礼服。在封面左上部运用凸起工艺，缀着阿根廷画家 Xul Solar 的作品，以大红烫金色块为主调，画面跨过书脊，正面烫着半个蓝月亮，背面烫着一个金黄色的太阳。书中每章之间，都用 Xul Solar 的画做隔断。

此时，我又想起一格的第一部著作《格外》，跋的题目是“成人之美”。那时她还是一个高中生，此题一语双关，既感谢编辑的辛劳，还透着她步入成年的欣喜。这一册《逐步》，采取端庄的设计风格，为她的成年之旅平添一束馨香。

年度的书标

所谓“书标”，是说一个出版机构每年出版的标志性产品，它往往关乎一个文化企业的品牌建设与生存。

比如商务印书馆，自一八九七年竖帜，累计出版图书数量巨大，但在《商务印书馆百年大事记》中，每年只列出几套、最多几十册书目。例如：一八九八年，《华英初阶》和《华英进阶》，还有代印《昌言报》和《格致新报》。一九〇二年，译印《帝国丛书》，包括《明治政党小史》《扬子江》《埃及近世史》《帝国主义》《各国宪法略》《各国公民公私权考》和《近世陆军》。一九二九年，《汉译世界名著丛书》《说文解字诂林》和《万有文库》第一集。一九三四年，《四部丛刊续编》《四库全书珍本初集》《幼童文库》和《万有文库》第二集。一九五〇年，《辞源》（改编本）和《社会组织与社会革命》（河上肇著，郭沫若译）。一九六七年至一九七〇年，空白。一九七八年，正式出版《现代汉语词典》和《汉英词典》，还有《爱弥儿》《战争论》《拿破仑时代》和《任何一种能够作为科学出现的未来形而上学导论》。一九九六年，《汉译世界学术名著丛书》（第七辑四十种）、《现代汉语词典》（修订本）和《我知道什么？》（百科知识丛书第二批二十种）。

这就是商务印书馆的“年度书标”，它们是一个出版机构百年品牌的积淀，我们可以从中读出许多历史信息。

我在海豚出版社工作八年多时间，总共出书四千多种，平均计算，每年大约有五百多种新书推出。回想到任之初，这只是一家童书出版社，我几经思考，为它增设一个“人文版块”，以此建立海豚新的品牌。那么从二〇一〇年到二〇一七年，我们每年的标志性、品牌性的人文图书是什么呢？如果以我的笔记《一个人的出版史》为根据，可以得到这样一个重点书“大事记”：

二〇一〇年，我与沈昌文、陆灏再度联手，推出《海豚书馆》，首批书目：《墨影呈祥》《离魂》《骄傲的皮匠》《变》《遗珠》和《甘雨胡同六号》。还有《幾米绘本》和《丰子恺儿童漫画选》。二〇一一年，梁由之策划《海豚文存》，首批《八十溯往》《记得青山那一边》和《序和跋》；还有《独立文丛》和《幼童文库》一二集。二〇一二年，董桥作品：

《清白家风》《橄榄香》《景泰蓝之夜》《董桥七十》和《英华沉浮录》六卷。还有《经典怀旧》《丰子恺儿童文学全集》和《丰子恺散文系列》。二〇一三年，出版《许渊冲文集》二十七卷。还有《出版忆往》和《读易随笔》。二〇一四年，"海豚小精装"启动:《性学五章》《故宫记》《书中日月长》《有一只老虎在浴室》《我们不懂电影》《拾遗小笺》《听水读抄》《书生言》《罔两编》《佳本爱好者》《口述历史杂谈》《低眉》和《变形记》等，此后佳作络绎不绝。二〇一五年，《鲁拜集》《蔡志忠漫画系列》和《冷冰川墨刻》。二〇一六年,《丰子恺全集》《书蠹牛津消夏记》《最好的时光》和《傅杰文录》四卷。二〇一七年,《琼琚集》《硃痕探骊》《上书房行走》和《觅理记》，还有《躺着读书》《行走的书话》和《签名本丛考》。

写到这里，我想起一段故事：一九六四年，王云五先生以七十六岁高龄开始重掌台湾商务印书馆帅印。一九七〇年他在台湾商务月会上谈道:"我认为一个出版家能够推进与否，视其有无创造性的出版物。所谓创造性即是以前所没有的。……现在本馆七十四岁了，本馆先后的出版物不下万种，而堪称创造性者，只有三十种，因而够得上创造性出版物之名称，可不容易。"

为书稿排队

多年做出版，总结起来有五件难事：找好作者难，找好作品难，找挣钱书难，找挣名书难，最后还有为书稿排队难。

有读者会说，你这“五难”矛盾啊。找到好作者不就找到好作品么？非也。一流作家未必将一流作品给你，他们也会“看人下菜碟”，将最好的作品交给更好的出版社，用他的二三流作品敷衍你。此时你不要责怪作家，要反省自己：如何做得比别人更好，如何提高明辨书稿优劣的能力，如何提高竞争书稿的能力。

还有读者会说，挣钱与挣名不是一回事么？有了钱就会出名，有了名自然会挣钱。唉，哪里有那么简单呢？记得十多年前，极端商业化风靡一时。我参加一个年度颁奖大会，一位思想混乱的老总站在台上，大谈“好书必须挣钱，挣钱的书一定是好书。不挣钱的书坚决不出”。当时有一位青年人站起来请教："许多有价值的文化项目不会挣钱，我们出不出？《我的奋斗》在世界上很畅销，它是什么书？《花花公子》也很畅销，它是好书还是坏书呢？"

我记得很久以前去美国，我对那里的社会文化和市场经济了解不深。在与一位美国出版人交流时，我不无轻视地问他："听说美国今年的第一畅销书是《莫妮卡的故事》，它能称得上是近期美国图书的文化头牌么？"闻此言，他用审视的目光看看我，然后有些激动地答道："什么文化头牌？是垃圾头牌。"

好了，不讲大道理了。单说这最后一难：为书稿排队。此事因出版社而异，一些大社强社品牌好，好书稿年年蜂拥而至，大多是名家一流，书稿排队只是一个时间概念。一些小社小公司，抢到一本好书稿如获至宝，哪还敢排队呢？不给丰厚的版税，不确定三个月出书，人家立马将书稿拿走。而于我，曾经经营过有充足资金和较大规模的辽教社，还经营过海豚出版社，它由微型到小型、中小型，由无名到微名、小名，抚今追昔，我一直在"为书稿排队"苦恼，始终没能找到一个好的解决办法，"不能排队"的经验倒是总结出几条：

其一，年度重点书稿不能排队，出版社每年会用它们命名：海豚书馆年、幾米绘本年、许渊冲文集年、冷冰川墨刻年、二十四节气年、丰子恺全集年、王强年和韦力年等。这些书是出版社的品牌标志，必须赶印出来，不能排队。

其二，竞争激烈的书稿不能排队，何谓“竞争书稿”？诸如抢来的书稿，被抢的书稿，热门作家的书稿，有畅销品质的书稿，稍不留神，它们就会跑掉，哪还敢排队？

其三，国家项目不能排队，诸如国家出版基金项目、十二五规划项目、政府投资项目等。《格萨尔王大辞典》已经启动多年，迟迟未能出版。主要是太难写，写好还要送审，只好一改再改，一拖再拖，几次受到批评。

其四，特殊作家的书稿不能排队。像杨成凯先生，我的老朋友。他身患重症，赵丽雅、顾青等都催我将《〈人间词话〉门外谈》快些印出来，不然杨先生看不到了。书出来时杨先生已经病危，连为新书钤印的力气都没有了，只好请我们代为完成。

还有赶活动的，过大寿的，文采好的，有订数的，有个性的，性子急的，志同道合的，青年才俊的，一方专家的，多年故交的……如此下去，还能有排队的书稿吗？没有。只有小编超负荷工作，只有我四处应付，累得精疲力竭，只有……

“汉译名著”九十年

提到商务印书馆，人们张口都是百年以上的数字，像建馆一百二十周年，张元济诞辰一百五十周年，《辞源》编纂一百一十周年。还有金字招牌《汉译世界名著丛书》，从一九二九年命名，到一九八二年更名《汉译世界学术名著丛书》，到今天也有近九十年历史。

一八九七年商务印书馆成立，但开始译介世界名著是在一九〇二年之后，即蔡元培、张元济和高梦旦的加盟。最初有“帝国丛书”，包括《明治政党小史》《帝国主义》和《各国宪法略》等，还有严复、林纾译著。一九〇八年光绪帝去世前半年，他曾向内务部开列书目，其中多为商务印书馆翻译出版的著作，如《孟德斯鸠法意》《欧洲新政史》和《各国宪法大纲》等，还有“帝国丛书”之《帝国主义》。

一九二一年王云五出任商务印书馆编译所所长，他承继前任译书传统，陆续出版《爱罗先珂童话集》（鲁迅译）、

《阿丽丝漫游奇境记》(赵元任译)、《科学大纲》、《社会学方法论》(许德珩译)、“世界文学名著丛书”和《从空想到社会主义》等许多译著。

一九二九年王云五主编“万有文库”面世，同时编印《汉译世界名著丛书》收入其中，这也是“汉译名著”名目首次亮相。在商务印书馆《万有文库第一集一千种目录》一书中，收有王云五文章《印行万有文库缘起》，其中写道：“数载以还，广延专家，选世界名著多种而汉译之。”其后有“万有文库编译凡例”，第三款写道：“本文库第一集括有左列各丛书及册数：……”其下共列出十三套丛书，第二套即“汉译名著”：“‘汉译世界名著’初集一百种。本丛书分订三百三十三册。每册约五万至十万字。初集约共二千万字。”

在《万有文库第一集一千种目录》中，共列出书目一千种，按照学科分类，如总类、哲学、宗教、社会科学……其下有“汉译世界名著”按分类掺杂其中。像在“哲学”名下有《哲学之改造》《儿童心理学新论》《算理哲学》和《实用主义》；在“宗教”名下有《社会学方法论》《社会进化史》《群学肄言》和《土地与劳工》等。

一九三四年《万有文库》第二集开始订阅，商务印书馆出版《万有文库第二集目录》，其《预约简章》中称，第二集共收入四套丛书，包括“汉译世界名著二集”一百五十种，四百五十册。书中列有“汉译世界名著二集目录”，包括《十九世纪欧洲思想史》《古代文化史》《西洋哲学史》《古代社会》和《人口论》等。

一九五八年陈翰伯出任商务印书馆总编辑，翌年任总经理。此后八年间，译介西学各科学术名著近四百种，另有译稿选题储备近四百种。出版著作如《培根论说文集》《笛卡尔哲学原理》《伦理学》《形而上学》和《物性论》等。

一九六四年王云五出任中国台湾商务印书馆董事长，两年后他从此前《汉译世界名著丛书》中选出二百种，共计六百册，构成“汉译世界名著甲编”，在台湾编印出版。

一九七八年陈原任商务总经理兼总编辑，为纪念商务建馆八十五周年，在前人劳作的基础上编印《汉译世界学术名著丛书》，丛书名目中加“学术”二字。一九八二年第一批五十种出版，陈原在文章《写在“世界学术名著丛书”刊行之际》中写道：“通过这些著作，人们有可能接触到迄今为止人类已经达到过的精神世界。”此后分批陆续推出，至今不绝。

未来怎样生活

我从四五十岁起，开始关注那些与我人生经历类似的前辈，他们六十岁之后是怎样生活的呢？

先说舞文弄墨一族，陈原、董桥二位是神一样的人物。

陈原先生学养深厚，他不但是出版家，还是响当当的语言学家。更兼人极聪明，说是天才也不为过。他八十岁写《重返语词的密林》，文字俏皮、智慧、简短，题目如“伊妹儿、伟哥、整、酷、千年虫……”整个文风都不输于当代那些自觉空前绝后的嬉皮小子。所以他退休时自自然然，没有突兀感，只有新鲜的生活扑面而来。听经典音乐，参加国际会议，与晚辈交流，著作一本接着一本，我就出版过他的《陈原语言学论著》《总编辑断想》和《重返语词的密林》。陈先生的生活方式让我仰慕，却不可学，因为他是天才一类。

董桥先生做社长、总编辑时，工作出类拔萃，专栏写作名满天下。最难忘是他的《英华沉浮录》，从十卷本到六卷本，从明报出版到牛津精品，从辽教《语文小品录》到海豚恢复本名，我们一路追随。从二十世纪九十年代初出版他的著作，我在一九九七年去香港，在林道群引导下，首次拜见董先生；到后来的二〇一三年十一月，我又在香港见到董先生。那时他刚刚宣布退休不久，他与夫人在上海总会请我们吃饭，有林道群夫妇、胡洪侠、李忠孝在座。出来后胡洪侠问我感受，我只说出四个字："文坛老大！"现在董先生文章依然在写，越写越好；著作依然在出，越出越漂亮；毛笔字依然挥洒自如，一招一式，越来越出神入化。董先生可学之处太多，他曾在BBC工作，且熟稔中国文化，文章中西互融，独成一家，还有他与生俱在的气场，常人真的学不来。

再说发挥余热一族，则以刘硕良、沈昌文二位最为出色。他们离开体制岗位后，又以不同形式返身回去，重现辉煌。

刘先生四十七岁投身出版行业，几年后在漓江出版社组织出版《获诺贝尔文学奖作家丛书》，名扬天下。退休后，他六十二岁创办杂志《出版广角》，六十九岁创刊杂志《人与自然》，同时推出"人与自然文库"，出版大畅销书《我的野生动物朋友》。他七十二岁进京做"北漂"，七十五岁还乡做《广西文史》主编。沈先生六十五岁退出《读书》，卸任主编，被我牢牢套住，从《书趣文丛》《万象》《新世纪万有文库》到“海豚书馆”，都有沈公的印记。

总结晚年经验，他们都能写，但都没走写作之路；他们都能做，但都没有自立门户。刘先生七十二岁进京，有民营出版的尝试，只是时间短暂，奉上几册好书即淡出京华之地。

最后说重新创业一族，则有王云五，有“活字文化”中的优秀人物，最让我敬佩。

一九四六年，王云五年近六十岁。他声称“人生斯世，仿佛是在游历，我即来此世界一次，不应专在一地游览”。故而辞别商务印书馆，去南京做官；几年后世事沉浮，他到了台湾，不久再次“从政”，官至“行政院副院长”。一九六四年七十七岁时，他辞官出任中国台湾商务印书馆董事长，一直做到一九七九年去世。我几十年追随王先生出版理念，对他晚年一段经历最为感动。

而于活字文化，董秀玉先生的工作极为出色，其成就与气象都不在话下。说来做出版的三个要素：人才、资源与资本，他们都占有明显优势。前几天在上海，有朋友开玩笑说，进入活字文化，堪堪十数人，许多是叫得上名号的出版家。有那样的基础，有那样的领路人，不成功才是怪事。

出版史上的疑点

回顾中国百年出版史，通常观点：中国新出版第一人，必称张元济；中国新出版第一家，必提商务印书馆。

何谓“新出版”？此语出自沈雁冰的一句话。他在晚年回忆录中说：“张元济是新出版的辟草莱者。”汪家熔站在史家立场上，将此语做细致考证与分析，指出最早实践“新出版”者是王韬。他于一八七三年编译出版的《普法战纪》，是第一本让中国人了解西方的著作；接着他又出版黄遵宪《日本杂事诗》，这些出版活动堪称中国“新出版”的开创之举。此后几十年间，新出版从形式到内容逐渐完善丰富。一八九七年商务印书馆成立，一九〇二年张元济投身商务印书馆，又为“新出版”的发展做出巨大贡献。

关于王韬（一八二八至一八九七），胡适称之为近代译书事业“一个重要的先锋”；汪家熔称之为真正的“新出版第一人”。以往出版史对王韬研究不够，其实他早在一八四八年受聘于教会出版社墨海印书馆，在那里工作十三年，主要为宗教读物文字润色、加工。一八七三年他在香港集资成立中华印务总局，创办《循环日报》，出版《韬园文录外编》等；一八八四年他回到上海，翌年成立韬园书局，以木活字印书，也用美华印书馆的铅字印书。两地前后可以考察到的书目有六十种，诸如《板桥杂记》《吴门画舫录》《雪鸿小记》《秦淮画舫》《白门新柳记》和《竹西花事小录》等。

研究王韬，汪家熔感叹："我国近代新闻出版史上，出现过很多文人办报、办出版的，大半为文化进步事业而努力。他们秉七寸之笔论衡时政，曾发生无数光、热及影响，但罕见能长期维持或建立规模的。因为知识分子对经营大都一窍不通，生存维艰，更遑论发展了……王韬在香港经营书报十二年，回到上海又经营多年，经营必然得法。"

以上王韬的故事提示我们，一是百年商务印书馆不会凭空产生，其前还有一段鲜活的历史，需要我们正视和客观评价。二是对于历史人物不可凭空拔高，当然谁是第一人并不重要，重要的是对于一段历史演化过程，我们更需要真实性的再现。

当然，有时弄清一段历史很难，即使没有时事政治的干扰也未必能做得准确。依然以汪家熔的研究为例，他在《研究出版史个案必须见书》中写道:“出版史是写书的历史,千万不能离开书来写。”比如通常观点认为,一八九七年商务印书馆诞生时,它的创业者只是几个“梦想发财、文化低的工人”;一九〇二年张元济加入之后,才开始出版一些优秀著作。所以许多名著初版并不在商务印书馆,像《天演论》《茶花女遗事》等,都是后来经由张元济等人之手,转到商务印书馆出版。

按照这样的观念推断,汪先生在撰写《商务印书馆九十年大事记》时,经过版本对照,认为马建忠《马氏文通》在商务印书馆的初版时间是一九〇四年。但根据该书的使用情况判断,此书在十九世纪末已经出版,一九〇三年还被清廷将文法列为课程。因此汪先生认为,《马氏文通》也像《天演论》《茶花女遗事》一样,刚问世时不在商务印书馆出版,后来由张元济等转过来。但汪先生写道:“不久在一个图书馆的线装书目录里找到真正的初版,竟然是商务印书馆出版的!出版于一八九八年!”为此汪先生连声感叹,声言低估了当时的总经理夏瑞芳,“这才对夏瑞芳钦佩不已”。不过直到《商务印书馆 110 年大事记》,才将此记载改正过来。

书业七家

我半生身居书业，那天突然想到，几十年走下来，与七类人物交往最多。我称其为“家”，强调他们是那个群体中的佼佼者。

出版家：中国近百年出版，如果问：从出版人、出版商到出版家，他们的首要区别是什么呢？近读法国人戴仁著作《上海商务印书馆 1897—1949》颇受启发。他谈到二十世纪前半叶的中国出版，一直处于出版、印刷和发行三位一体的状态，法国就不是这样。因此中国出版人不是或不完全是某种思想的传播者，而是产品的制造者和贩卖者。商业性的压力，迫使他们难于走向知识分子的发展方向。我体会，一个出版家的首要条件是知识分子身份的确认。注意：知识分子并不等同于有文化的人。

作家：还有翻译家。著译者并非都称得上“家”，等而下者还有写手、译手和作者的区分。即使有作品出版，即使他的作品可以转化成商品，甚至畅销，但许多时候，写手依然只是写手，译手依然只是译手。因为他们要想“著译成家”，必须具备三个要素：才华、情操和独立性，缺一不可。新时代，出版者的迷茫、文字的商业化与译著者的泛化，为人们的阅读带来选择的困难，同时也带来多样化的现实。在这样的环境中，我们需要一点对大作家、大学者的尊重和追随，多一点辨别的能力。

选家：这一“家”也是时代的产物。因为历史遗存太多、新书出版太多，更因为文人与出版人的鱼龙混杂。选家的两个职能：一是为出版社策划好书，再一是为读者推荐好书，品评坏书，因此他们又是批评家。一个好的时代，没有批评的环境不行，没有有学问、有良心和敢说真话的批评家更不行。

装帧家：书籍装帧有两个阶段，一是艺术设计，此中滥竽充数者最多。许多人把封面设计不当作艺术创作，有电脑之后更甚，拼一下、迎合一些市场因素，或抄袭一本书的封面，比比皆是。我坚持，能称得上“家”的人，一定是艺术家，我所接触如吴光前，能绘画，能雕刻，懂材料，懂制作，有经验。我还敬佩周晨，他设计《冷冰川墨刻》实在高超得很，获得二〇一七年“世界最美的书”称号。再一是制作工艺，说是工匠精神，桑格斯基设计《鲁拜集》，随泰坦尼克号沉入海底。前几天王强告诉我，那本沉入海底的书声称镶有一千多颗宝石，其中许多宝石是假的；王强收藏一本桑格斯基制作的更美的书，虽然只有一只孔雀，但宝石都是真的，而且保存完好，一颗不缺。这让我想起英国人罗勃·谢泼德收购桑格斯基的资料中，就有此书的草图，我们曾按图做过一个孔雀笔记本。现在见到王强收藏的此书本尊，其装帧之美，品相之好，足以让人晕倒。

发行家：有两个表现，一是营销，专攻图书包装和市场定位；再一是销售，构建更好的流通渠道。如今卖书者五花八门，若不以传统观念论，孔夫子旧书网自成一家，兼藏大量图书，藏家也有了。

藏书家：藏书者众，成名成家者寡。由藏书世家而出版家如张元济，由出版家而藏书家如王云五。我作者中如王强与韦力，一西一中，功力深不可测。我素以书业资深人士自诩，依然暗叹：见王强不敢再谈西装书，见韦力不敢再言中国典籍。

读家：读者成家，需要两个要素：一是懂书，再一是敢说真话。何人是我心目中的读家呢？不论相识与否、地位如何，时常被我以书相赠者，或点赞其书评言论者即是。

陆费伯鸿先生

在中国百年出版史上，陆费逵（一八八六至一九四一）是数一数二的人物。他充满传奇色彩的人生，让我们充满敬意。

姓氏：陆费逵，字伯鸿。陆费是复姓，《百家姓》上没有，明末出现于浙江桐乡。陆费一族本姓费（bi 四声），明代时其先祖出嗣舅父陆氏，遂冒陆姓。后费氏一支无嗣，为兼祧两家，改姓陆费。

家世：陆费逵先世自明代中叶以来世居桐乡。七世祖陆费培移居嘉兴郡城，五世祖陆费墀，在乾隆年间出任《四库全书》总教官、副总裁，前后二十年。于嘉兴城郊筑枝荫阁，收藏《四库》副本，后毁于太平天国战火。此段家事对陆费逵影响至深，后来他创立中华书局，下大气力刊行《四部备要》，即受此牵动。如他在此书《缘起》中写道："小子不敏，未能多读古书，然每阅《四库总目》及吾家家乘，辄心向往之。"一九一五年他曾动念印行《四库全书》，因工程巨大未果。一九二一年中华书局盘进丁辅之聚珍仿宋印书局，丁氏即八千卷楼旧主。两年后陆费逵开始陆续印行聚珍楼仿宋版《四部备要》，与一九二二年商务印书馆《四部丛刊》初编形成呼应。

自学：陆费逵自幼接受家庭教育，他在《我的青年时代》中写道："我幼时母教五年，父教一年，师教一年半，我一生只付过十二元的学费。"陆费逵的母亲为李鸿章侄女，陆费执《陆费伯鸿先生传略》记载：其母"幼承庭训，于经史各籍无不研读。教授法以讲解为主，且循循善诱，不喜责挞，以易于领悟为要旨。"因此今人讲到陆费逵自学成才，多称赞其母引领之功，如陆费逵所言："先母主张多读多看，反对挖空心思作八股，并反对作疏空的论说，却学过珠算，看过《纲鉴》……于是便不照老式子读书，自己研究古文、地理，后来居然自习算学，并读格致书了。"

教育家：陆费逵第一位的身份是教育家。他十七岁与友人办正蒙学堂，自任堂主；十九岁著《岳武穆传》，编撰《正则东语教科书》；二十岁发表《论设字母学堂》《论日本废弃汉字》；二十一岁发表《论我国教科书》，编撰《本国地理教科书》，出任文明小学校长；二十二岁编撰"文明教科书"多部；二十三岁编算术、修身、伦理学、商业教科书多部；二十四岁主持我国第一本教育专业刊物《教育杂志》，发表许多教育类文章，编撰《师范讲义》；二十六岁主持编撰《中华教科书》，史称“第一套共和国教科书”；二十七岁发表许多教育类文章，许多观点深为时任教育总长蔡元培赞同，请他与蒋维乔起草《中华民国教育部普通教育暂行办法》十四条，以及《普通教育暂行课程标准》，被称为“民国教育史之开端”。此后在中华书局，陆费逵曾九次修改教科书，创办近十种教育类杂志。

出版家：陆费逵自言进入书业原因，一是生活困难，二是找书困难。他十九岁创办新学界书店，二十一岁进入文明书局，二十三岁进入商务印书馆，二十七岁创办中华书局，一生未离开书业。

扶乩：一九一八年鲁迅在《我之节烈观》中写道：“一班灵学派的人，不知何以起了极古奥的思想，要请‘孟圣矣乎’的鬼来画策。”说的是俞复、陆费逵在上海设盛德坛扶乩之事，还刊行《灵学丛刊》。此事发生有特定的社会背景托衬，我曾写文章《云五扶乩》，谈到王云五十岁时也学过扶乩，后识破其荒诞手段而放弃。有人说，陆费逵招聘中华书局员工要求信风水，但当时的印刷所副所长唐驼说，并非如此，信仰自由，我就不信风水，依然在那里做事。

该读哪本书

又到辞旧迎新的时候，清理我的读书与写作计划，过去的一年，有一本小书《杖乡集》面世；新的一年会怎样呢?

有一个书稿《中国出版家王云五》，应该在付印中。此稿完成于二〇一四年，历经几番修改。前不久我刚刚为出版社补写“王云五简介”和我的“个人简介”；编辑又指出几处书稿中的错误，比如一处“中正”错为“中山”，“三月”错为“三阅”。我心中赞叹，他们做事认真，确实名不虚传。

有一个专栏“书香故人来”，已经快写到三十篇，此为《辽宁日报》约写，每半个月一篇，题目如《书斋》《书癖》《记异》《专栏》和《女史》等，每篇约三千字，已经写一年多，实在很累，按照计划应该搁笔，准备结集出版。我将文章发给沈昌文先生，邀请他老人家不吝赐序，这样的“规矩”已经持续很多年，我的多本著作如《人书情未了》《这一代的书香》和《前辈》等都是“沈序”。

有一个专题“五行志研究系列”，先有《五行占》在香港开设专栏，又在《上海书评》以及《澎湃》连载。几番欲定稿成书，又几番放下修改。江晓原的序早已写好，我的长序也已发表。这段时间心静下来，有了修改整理情绪，三卷本的第一部很快修改完成。

接下来该读哪本书呢？

“廿五史”是一个宝库，还要继续阅读。比如《史记》，其中没有“十志”，却有“八书”，可以言说的故事太多。《汉书》以降，《天文志》《礼仪志》等，引导我们穿越一部部断代史，从纵向梳理前人的思想脉络，那样的历史漫步，想起来就兴奋。

更重要的一本书是《淮南子》。此书又称《淮南鸿烈》《刘安子》，为西汉淮南王刘安及其门客集体编写，被《汉书·艺文志》归于“杂家者流”，《四库全书总目》也将其归于杂家，属于子部。

一九九二年我去辽西贫困地区参加支贫工作队，空闲时读陈广忠签赠《淮南子译注》，即爱不释手。陈是我的作者，他曾在辽教社《中国地域文化丛书》中著《两淮文化》。后来我研究“五行志”，写出文章《五行志丛考》，请王充闾先生指教，他在品评之余补上一句：“将来有精力，建议你研读

《淮南子》。”此言我一直铭记，如今有了品读道家思想的心情，遍览古今经典，《淮南子》还是首选。

刘安是汉高祖最小的儿子刘长的儿子，汉文帝时受封淮南王。他“好读书鼓琴，不喜弋猎狗马驰骋，亦欲以行阴德拊循百姓，流誉天下”。著有《离骚传》《淮南万毕术》，还招致宾客方术之士数千人，撰著《淮南子》。当时汉武帝喜好文学，对父辈刘安较为尊重，每次给他书信，会让司马相如等人看过草稿后才发出。后来刘安谋反失败，自刎身亡。按照“成王败寇”的规则，历代史官多称刘安做事荒唐，如司马迁所言：“各不终其身，为天下笑。”（《淮南衡山列传第五十八》）白寿彝也说，刘安在学术上和政治上都是失败的。但梁启超说：“《淮南鸿烈》为西汉道家言之渊府，其书博大而有条贯，汉人著述中第一流也。”胡适说：“道家集古代思想的大成，而淮南书又集道家的大成。”

刘安身世颇为传奇，一说他发明豆浆和豆腐；一说他以艾草燃烧取热气，使空蛋壳浮升，成为热气球升空的先声。还有一说刘安没死，与八公等人服下丹药，升天而去。散落的丹药被家中鸡犬所食，如王充《论衡·道虚》记载：“王遂得道，举家升天，畜产皆仙，犬吠于天上，鸡鸣于云中。”故有“一人得道，鸡犬升天”之说。

韦先生的情操

过去的一年中，几次陪伴韦力先生签售新著，几次聆听他与听众对话。韦先生回答问题不卑不亢，心胸坦荡，谈吐平和，称他贵族精神，或士大夫精神，都不为过。事后我时常感叹：当今之世，如此文化传统，如此华夏人物，多已丢失殆尽或存之寥寥。有韦先生存在，真是难得。本文略取几条共赏：

问："藏书能赚钱吗？"答："今天的观念和古代社会多有不同，古人要努力学习，考取功名，才能做官，有钱后反哺于文化，其中包括藏书，官、权、钱和书，构成一个完整的链条。今天，这样的链条已断裂，那个传统体系已不成立。"按：百年以来，自上而下的传统构建遭到质疑与破坏，重建的迷茫与拖延，还会使整个社会丢失对文化的掌握与尊重。

问："与过去的社会比较，公藏与私藏有何变化呢？"

答:“现在我国是公有制，书籍百分之九十五以上都在公家的图书馆。……中国有古籍的图书馆就几百家，我的藏书能排到前十几位。……我知道自己的藏书水准，知道在私藏界，自己是‘山中无老虎，猴子称大王’。其实我们跟历史上的藏书大家相比，相差得实在太远。这里有社会因素的影响，还有价值观的问题。”按：我们几千年的文化认知、社会结构与价值传统，真的那样不堪回首吗？文化的断裂与接续，直接影响到今天的现实生活，举手投足，三叩九拜，一切行为方式都躲不过文化价值观的作用，藏书也不例外。

问:“您几年前收藏的‘西夏文重要文献’是真品吗？目前增值多少？”答:“其实我并不懂西夏文，不懂不要紧，可以请专家解读，现在还有两个专家在研究它们。他们得到一些结论之后，让我感到很兴奋，因为其中包含着许多特别的信息。比如它不是一个单纯的、孤立的物证，它还可能更改一段学术史。举例来说，我们以前一直认为，西夏是使用中原文献，也就是将汉文翻译成西夏文，他们的佛经就是这样来的。但我发现，我买的一个西夏文中的一段经文，它们是汉文经文中没有的。这样一来事情变得严重了，它证明西夏佛经并非全部来自中原。由此可以证明，那个时代，西夏和西藏传统文化有过交流和交融，这是以前我们不知道的。”

按：韦先生的这段回答，最能体现他精神世界的指向。显然，他藏书的目的已经跨越了单纯商业性的追求，也打破了公与私一类政治判断的藩篱，在学术领域中表达了自身理想主义的心境。

问："您能谈一谈藏书的归宿吗？"答："这话问得很委婉，我想就是问我死之后，藏书该如何处置？这个问题我确实认真想过：其一，我不想把藏书捐出去，使它们变成死物，即使给我发一个证书，立一个纪念像，又有什么意义呢？其二，我想藏书是一种文化传承，优秀的族群会追求人本主义的代代相传。在这一层意义上，我只是其中的一个环节，让真正的藏书家和爱书人接续下去，我觉得那样才正常。其三，我只是社会中的一个小人物，也需要赚钱吃饭，治病养老。然后做什么呢？我们能不能效仿诺贝尔奖那样，设立一个很小的基金会，给大家奖励的机会？比如每年评选两位藏书家、研究家，奖励他们在藏书方面的贡献，让爱书的风气能够继续传承下去。"按：韦先生是一位坦率的人，善于用平和的文字和语言表达观点；他的述说不用解释，认真读过之后，已经让人情从中来，感叹不已。

八十五年前的梦想

新年伊始，许多媒体在征集人们对未来的憧憬和梦想，勾起我复述八十五年前那段著名故事的欲望：

一九一四年经张元济批准，年仅十八岁的胡愈之进入商务印书馆做实习生。一九三二年“一·二八”事变，日本人炸毁商务印书馆，《东方杂志》停刊；当年十月十六日《东方杂志》复刊，总经理王云五任命胡愈之为杂志主编。胡愈之接手主编不久，即组织一次“新年梦想”征文活动，提出两个问题：其一，先生梦想中的未来中国是怎样？其二，先生个人生活中有什么梦想？征文将发表在翌年《东方杂志》“新年特大号”上。

胡愈之是有号召力的，他在发出的四百多封征稿信中写道：“假如白天的现实生活是紧张而闷气的，在这漫长的冬夜里，我们至少还可以做一二个甜蜜的舒适的梦。梦是我们所有的神圣权利啊！”就这样，他请来一百四十二位献梦者，有柳亚子、郁达夫、茅盾、巴金、杨杏佛、徐悲鸿、郑振铎、叶圣陶、周作人、周谷城、夏丏尊、楼适夷和丰子恺等。那一次貌似“盗梦空间”的行为艺术，为我们留下中国知识分子的集体想象：

老舍说，生命何必是快乐的，只求其有趣而已；巴金说，我个人的生活里不敢有什么梦想，黑暗的现实把我的梦景全都摧毁了。茅盾说，我希望我的神经衰弱病不再增剧，我希望每天运动半小时。叶圣陶说，至人无梦，愚人也无梦；至人甚高妙，何敢仰攀，我大概是愚人之流吧。张申府说，我愿我的生活更能自由，更能表里如一；我愿意我不再做梦。柳亚子说，我梦想……打破一切民族和阶级的区别，全世界成为一个大联邦。邹韬奋说，我梦想的中国“连现在众所公认为好东西的慈善机关及储蓄银行等等都不需要，因为用不着受人哀怜与施与，也用不着储蓄以备后患”。

献梦之中，丰子恺的漫画最为生动:《黄包车夫的梦》，车夫长着四条腿、四只脚;《投稿者的梦》，作家长着三张脸、六只手;《建筑家之梦》，楼房像树木一样长着根须，可以长高、长大;《教师之梦》，各科知识都被制成针剂，由老师给学生注射……

这一场中国知识分子的集体之梦，还是引来一些波澜。

鲁迅读后写文章《听说梦》，少不了一番嘲讽与剖析。一些献梦者说，他的梦被编辑改动云云。无论如何，虽然“知识分子的梦想并不始于一九三三年，但在整个中国历史上这么一大批来自全国各地的一流知识分子集体‘做梦’还是第一次”。（傅国涌语）

胡愈之也因此与王云五发生争执，一九八二年胡愈之在回忆文章中说：“第二年一月里，我出了题目《新年的梦想》征稿，发表不满意国民党的文章，有些国民党人也写不满意的文章。王云五看了这个特辑，很生气，对我说，你这些东西不得了呀，商务印书馆要封门的呀！你能不能少发这样的东西？我说，不行，编辑权在我，不在你。他说，那就只好取消合同了。那时我性子急，就说，你取消就取消。这样合同就取消了。”王云五晚年回忆：“胡氏于民国初年入商务编译所为学习员，以有志自修，学识进步甚速，经不次升擢，渐进为东方杂志助理编辑，其后一度赴法国留学……我因爱才之故，于《东方》复刊时，钱君（指钱智修）既无法返任，乃依序擢胡氏为主编。……有一次不得已撤去其已发排之一文，胡氏为此深滋不悦，遂请辞职，我亦以为主张不同，不便挽留，乃听其他去。”

梦中的《万象》

一九九八年末创刊的《万象》杂志早已经远去，时而还会在我的梦中出现，星星点点的情节，比现实中的记忆还要清晰。

睡梦中，有两个人影在晃动：老坊主沈昌文没有变化，虽年近九十，还是背着一个大书包四处游逛。中午一瓶啤酒，一碗羊杂，面色绯红，目光炯炯；说是“两耳不闻窗外事”，购书、上网都不耽误。小坊主陆灏迷粉如昨，英俊如今，只是减几分公子遗风，添些许大王气势。眼下他钟情两个藏家、两个书房，一对夫妻、一双佳作，都是什么？还有什么？新时代，容我慢慢道来。

睡梦中，忘不了二〇〇一年香港贾子祺为《万象》定义：“一本脂粉气和尸腐气俱备的新‘旧杂志’。”当时沈公慌了，我们安慰他“被敌人反对不是坏事”；后来沈公发现，贾兄不但骂《万象》，还骂《读书》，他才安静下来。

睡梦中，忘不了贾子祺说：“总算沈昌文从《读书》的班底中挖了几块老姜。”第一块老姜是《万象》第一篇文章，尘元《重返语词密林》，第二块是黄裳《书香琐记》，接着是费孝通《温习派克社会学札记》，施蛰存《给路易王子讲的故事》；再接着是丁伟志《送默存先生远行》，辛丰年《重读〈卡沙诺伐〉》，董乐山《记江南第一支笔唐大郎》，唐振常《一支笔，几把手》……

睡梦中，忘不了贾子祺说：“加上一个半老不老、在美国研究中国的李欧梵，给捧读者的整体感觉就不免是恍恍惚惚，不知身在何时，身处何方。”是啊，《万象》第一期是李欧梵《从上海广告图片联想的二三事》，刘绍铭《文化瘾》；接着黄仁宇《上海，Shanghai，シこハフ》，董桥《缪姑太的扇子》，迈克《遇上100%的天鹅绒》，夏志清《初见张爱玲喜逢刘金川》，许倬云《眼前景与心中景》，刘大任《蝇钓教室》，林行止《利己利人的“代理性消费”》，柳苏《钱钟书和聂绀弩》，童元方《“泰坦尼克号”上的真故事》。

睡梦中，忘不了老辈人物多已驾鹤西去，中辈才俊多已老态龙钟，小辈后生多已成名故里，尤其是那一群小女作家，《万象》第一期就有恺蒂《英格兰风俗语画卷》，巴宇特《世纪末的图书世界里，该信谁？》，晨枫《一个叫做“卜港”的西班牙小镇》，须兰《狐狸的棋局》；第二期毛尖“万象茶座”登场，出手就是《上海人的日常纵欲》，弄得满座皆惊，那时她只有二十几岁；接着是《立即做爱——寇比力克的面具》《一个世纪的缠绵》，从此“毛式文章”独步文坛。

睡梦中，忘不了一些作家在《万象》上的“第一次”：第一期王充闾《青灯有味忆儿时》，沈胜衣《哀艳达明词》；第二期李辉《两份史料，两种处境》，吴兴文《藏书票琐谈》，葛剑雄《永远的庞培》；第四期，严锋《好书》，钟叔河《改字诗》；第六期张新颖《献给爱丽丝的挽歌》；第八期冯象《圣杯》，黄昱宁《两难》，那时她只有二十五岁；第九期傅杰《〈柳文指要〉反响点滴》；第十期陈思和《“同志”你好进步！》；第十一期陈子善《假性经：男界·艳遇》；第十二期江晓原《从同声歌到压箱底》，孟晖《晋代名士的休闲服》；第十七期如一《“胠箧”》；第十九期孙甘露《在七十年代》；第二十六期蔡天新《一个探戈的下午》；第三十二期小宝《这样的足球你还会去看吗》；第三十八期马家辉《董桥，六十岁》；第四十六期王强《一千零一夜不连贯的思索》；第六十九期柳叶《苏黄米蔡》；第七十二期小白《脱了大衣的吉吉》。小白神秘登场，《万象》开始走出梦境。

读书毁了我

近日王强旧著《读书毁了我》将出新版，他约我写一篇序言，勾起我对这部书的一些记忆。

王强文章惊艳，但文字不多，落笔与出版都极其谨慎。这部《读书毁了我》已在坊间长销多年，名声不小。其前身为二〇〇年出版的一本小书《书之爱》（世界知识出版社），“新东方学校文丛”中一种。那套书开本很小，《书之爱》一册甫一面市，立即显示出不同凡响。沈昌文先生曾拿着这本小书，大肆张扬作者有学识、有见识、有功力，他一方面四处寻找“王强”真身，一方面按照书中提到的书目开始找书，安排我们出版。那时我正在辽宁编《新世纪万有文库》，沈公建议收入“反乌托邦三部曲”，翻译出版查·德·柏利《书之爱》等，都是从王强小书中得到的启示。

书不在小，影响力渐起，海外购买版权，国内也有修订版推出，且将《书之爱》更名曰《读书毁了我》。据言新书名是时任中信图书策划的徐晓女史所赐，它看上去有些“标题党”，实则一个“毁”字，将一位“书痴”的境界，表达得如此生动有趣。王强在一次演讲中深情地说，他的一生，确实“毁”在读书、爱书、购书、藏书上。如果追根溯源，除去通常因素，最初是他的三位中学老师，把他引上“自毁”之路：

第一位是语文老师，他开课之前，拿出五十篇隐去标点的古文，对同学们说，谁要想听懂我的课，这个假期先为这五十篇古文标点。王强翻出父亲的工具书，用三个月时间，以每天十几个字的速度完成此事。交作业时，老师说你的标点有错，但你下功夫，可以来听课。接着老师给王强讲一段胡适的传说，胡适判作业的方法很特别，他坐在那里，泡一壶茶，将办公桌上的作业一本本扔出去，能扔得最远的，说明那个学生写得多、分量重，不管写得怎样，胡适也会给高分，因为那个学生下了功夫。

第二位是英语老师，他是学俄语出身，转教英语。第一次给王强上课，下课后他对王强说，我看你上课时两耳竖起，双眼紧紧盯着我，像狼犬一样，看来你是真心想学英文。他把王强领到办公室，搬出一架手摇唱机，还有几张从废品收购站捡到的唱盘，那是一套 BBC 出版的英语教材。

老师说，我英语不行，发音更不行，教不了你。你每周来听这个唱盘吧。由此造就了王强的口语。王强说："后来我考上北大，作为英语系学生，第一年入学时，在我们班五十个人中，只有我能说出流畅的英语。"

第三位是历史老师，南京大学太平天国专业毕业，学识丰厚。他对王强影响最大，不仅在知识上，更在人生道路的选择上。他认为王强孺子可教，每周三让王强来到他家中，从《左传》起步，阅读讲解一部部历史著作。那时吃肉要靠供应，老师总会把家中的份额节省出来给王强吃。后来王强报考北大，最初填写的志愿是中文系，老师说，王强，你别报中文系，你的中文已经达到很高的水平，不需要再去那里走一遍。我建议你报英文系，比别人多学一种语言，你的视野会更宽阔。

这次《读书毁了我》再版，编辑将书名译成英文 *Reading Reconstructs Me*，意为"阅读重新塑造了我"，揭示"毁"的本意。王强看到后大为赞赏，他感慨地说，回顾人生历程，做事繁多，真正的乐趣在哪里？只有书。

为书哭泣

前文《读书毁了我》，借用王强著作的书名。写罢意犹未尽。想到书中种种阅读故事与情趣，很值得回味。

王强几十年购书，有记“笔记”的习惯，故而构成《读书毁了我》最后一章《购书记》。近日见到王强，我还问他：“还在写购书记么？”他说：“多年忙乱，早已不记了。”我说：“豆瓣品评你的著作，从《书之爱》到《读书毁了我》，对其中《购书记》关注和品评的人最多，不接着写可惜了。你还有未发表的相关文字么？”他说：“还有，都是手写的，我找找看。”其实我也很喜欢王强的《购书记》，文字坦率、直白，可以读出许多深藏的信息。

二十世纪末一段时间，王强购书，最看重哪套书呢？应该是“民国三大丛书”（《四部丛刊》《四部备要》和《丛书集成》），以及“最大类书”《古今图书集成》。还有，王强二〇〇一年购得《四库全书珍本初集》一百二十册，他赞道:“此版纸洁墨黑，装帧雅致，可谓影印之善本。此编一九三四年首印，中多收珍本，自然胜过大而驳杂的四库全帙，何况节省藏书空间。据称此印历五年准备，可谓一丝不苟。郁达夫当年曾在新加坡撰文绍介初版抵狮城。”

读王强这段文字，使我留心“四库珍本”的滥觞。初印为张元济、王云五诸位先贤功德，战乱之年还能有如此巨献。后来王云五在台湾重回台湾商务印书馆，以每年一集的节奏，陆续出版珍本二集、三集，直至第九集，直至王先生生命的终结。到现在，我还对这套书心存深深的敬仰。

王强书中提到的西方典籍，其中许多是外文原版书，尚未在国内翻译出版。但是自二〇〇〇年王强《书之爱》出版，十年后出版增补文，更名为《读书毁了我》，到现在有许多王强提到的书，都已经在国内陆续出版。还有一些书，让我久久神往。

王强在《犹太人与书》文中说，在《古兰经》中，犹太人与基督徒被穆罕默德称为“书的民族”。为了见证这样的评价，王强陆续阅读五十卷《犹太书籍年鉴》(以下简称“年鉴”)，此书自一九四二年问世，年版一册，册分英语、希伯来语、意第绪语三语分部，平精装同出，中未间断，至一九九三年出版整整五十部。书中保存大量回忆性散文、提要性书评和书目。王强读后惊叹：犹太人是“一个无论走到哪里，都忘不了珍惜自己的生命之根的旅人”。文章中，王强讲述一个令人震撼的故事：一九三九年法西斯洗劫卢布林律法学院图书馆。《年鉴》收录一九四一年三月二十八日德国《法兰克福报》一篇报道：“对我们来说，毁掉公认为波兰最大的律法学院是无上光荣的事，我们将巨大的库藏扔出建筑物，把书籍运到集市上付之一炬，烈焰持续二十小时之久。卢布林的犹太人聚集在周围失声痛哭。哭声几乎把我们湮没。我们召集起军乐队，士兵们兴高采烈的欢呼声盖过犹太人的痛哭声。”

受王强文章影响，我一直对犹太民族爱书的传统充满敬意。后来有机会去以色列，访问几家犹太人的出版社，一些靠国家资助的宗教类图书出版社、希伯来文出版社，给我留下深刻印象。我曾问一位主持宗教史出版的编辑在做什么。他说多年来一直致力于几大宗教起源的发掘，落脚点自然在犹太教上。至于希伯来文的研究与使用，也是消除历史虚无主义的一个重要环节。我感到他们工作极其自觉、努力，便问道：“你们的动力是什么？”一位学者答道：“生存！”他又笑着说：“中国万里沃土，你们是天之骄子啊！”

陆灏的新著

二〇一三年十月，陆灏发来他的书稿《听水读抄》，接着发来三张威廉·莫里斯的经典绘图，供我们设计封面遴选。陆灏建议，将莫里斯的图案印在白色麻布上，再将书名印在一张纸卡上，粘在封面恰当的位置。我们选取一张淡绿色的繁花图案，与印刷厂研究工艺，先印出花布，再剪裁出封面的尺寸，最终促成布面印花书装面世。陆灏创意的书装工艺，成为“海豚小精装”的一个门类，像陈子善《拾遗小笺》和毛尖《我们不懂电影》，它们的封面设计，正是选取《听水读抄》备选图案。

不久《听水读抄》上市，读者喜欢，海外购买版权，陆灏对印装与材料也算满意。我开始接着折磨陆灏：看来你的文字有卖点。是否将你的旧著授权给我，重新包装上市？陆灏不肯。那就再出下一本新著吧？陆灏说，我哪有那么多文字，等几年后再说吧。

去年（二〇一七）末，陆灏说新稿有了，几年里文字零零散散，终成一册小书，命名曰《不愧三餐》。有何意义？陆灏后记写道：“从最近三四年的笔记短文中，选出一百零一篇，编成这本《不愧三餐》。书名取自陈老莲的儿子陈小莲的诗句：‘略翻书数则，便不愧三餐’。这几年来，也就是多读了几本书而已，聊以自我安慰，似乎日子没白过。”

且说陈氏老莲小莲父子，鲁迅称赞老莲的画为“一代绝作”，也有人称赞“三百年无此笔墨”。“小莲个性孤傲古怪，达官贵人重金求画，也不写片纸只字。……书画绰有父风。人称小莲是乃翁遗风，老莲再世。”

由此想到陆灏平生志趣，一句“不愧三餐”，已经清雅得了无烟痕。再想到去年末，我陪伴韦力、陆灏小聚。陆公子要向韦先生请教古籍版本事情，见面先奉上一副对联：“燕子来时更能消几番风雨，夕阳无语最可惜一片江山。”注明：“梁任公集宋词联：王晋卿忆故人，辛稼轩摸鱼儿，张文潜风流子，姜白石八归。”落款“丁酉小雪陆灏书于听水书屋”。韦先生见此大喜过望，还不忘开玩笑说：“我得到陆灏的字，此件为最精。看来公子有事求我，用了心思。”陆灏谦谦君子，面带敬意，拿出一个小本子，上面列出问题，逐一向韦先生请教。陆公子如此认真的情景，我也是第一次见到。

《不愧三餐》全稿分为“八辑”，为何如此分类？只有公子知道。每辑文章都有点睛之笔。

第一辑开篇《不可靠记忆》，讲钱锺书夫妇与傅雷的故事，许多内容是陆灏亲身经历，至为难得。如有人写文章说，杨绛让杨必跟傅雷学习翻译技巧，陆灏给钱家打电话谈到此事。钱、杨二位先生在电话中抢着说，没有那样的事情，杨必有问题只会向我们请教，怎么会向傅雷请教呢？况且傅雷脾气很坏，曾经把人民文学出版社一位老编辑骂得大哭云云。

第二辑有秦桧的书法，有董其昌毁画的故事。还有孙犁先生送给陆灏的一张小条幅，其上写着自题小诗：“一生多忧患，颠沛无已时。沉迷雕虫技，至老意迟迟。实是无能为，藉此谋衣食。多难竟不死，耄耋上天赐。庚午秋余忽作此语，实不祥之兆。孙犁。”

第三辑有李慈铭年谱；第四辑有钱玄同日记骂人，他骂吴佩孚“Wan ba dan W”，他骂鲁迅《三闲集》《二心集》，“躺床阅之，实在感到他的无聊、无赖、无耻”。第四、五、六、七辑，终于在第八辑，提到我的《一个人的出版史》。

万有的记忆

戊戌年新春伊始，有朋友打来电话，谈到网上《新世纪万有文库》全套三百六十六种，已经标价到二十万元。“时逢‘文库’出版二十年之际，也算是对您三十五年职业出版的一点慰藉”。

收到这样的“戊戌贺词”，我内心五味杂陈。记得在“文库”出版十周年时，记者问我：“为什么要出版这样一套书？”我答道：“因为出版社有钱，搞一点文化保存。”记者又以同样的题目问沈昌文先生，沈公回答：“保存为名，启智为实。”

我说过，出版《新世纪万有文库》，是对王云五先生《万有文库》的追随，是对《企鹅丛书》《岩波文库》《人人文库》一类大众启蒙读物的追随。有这样的志向，面上是由我来运作，实则是几位策划人沈昌文、陆灏、杨成凯、陈子善、傅杰等真正操持，他们身后还有一大批优秀的知识分子、文化人支持。此时我想起“文库”启动之初的几段故事，完全可以说明“策划团队”的志向和作用。

最初是在一九九六年三月，《新世纪万有文库》开始发布第一个征订广告。陆续有四句广告词刊登在广告上，一是沈先生的“我读，故我在”，二是沈先生的“家备万有文库，何愁无书可读”，三是我写的“精选的书目，精致的印装，精简的价格，精神的伴侣”，四是我写的“爱书人，你的简装书来了”。

翌年“文库”一二辑开始陆续上市，读者反响强烈，沈先生很兴奋，他在第二批书目的广告上，写出一个颇有震撼力的广告语：“不求显赫一时，但愿传诸久远。”又在下面写道：“我们的事业并不显赫一时，而将永远存在，高尚的人们将在我们的墓前洒下热泪。——我们仅以马克思的这段光辉言词，作为对当年《万有文库》的纪念，更以为我们自己的永远的鞭策。——辽宁教育出版社。”为此段广告词，沈先生还写来一封长信，其中一段解释：“广告末尾句，加了一词‘辽宁教育出版社’。这是因为，你们曾在广告上列出一大批顾问名单。人们很易误会，广告词中的‘我们’也指这些贤硕。若然，我怕他们会反感。因为对王云五，不是人人都以为他是‘永远存在’的。”

在这一年中，沈昌文、杨成凯和陆灏写过大量信件，讨论“文库”事情。沈先生信件最多，我现存不下百封。没有沈先生的领导，要想出版那么多好书，根本是不可能的。

一次陆灏列出一个“拟编书目”，沈公写道：“万有新目传真收到。觉得比过去好看不少。……这种目录是否应有一形式上的表示，请诸学术指导指示意见。最好搞一份‘简报’，以收集思广益之功。未知晓群兄如何看法。另外，看到张荫麟的《中国史纲》，想到张先生曾有一稿在‘三联’，始终未出。这是近四十年前的事了。现有一校样存‘人民’资料室，今日取出，复印前数十页，仅供参阅。详情如何，可询杭大徐规教授。又，李剑农、漆树芬、王亚南等人的经济学（史）著述，四十年前大家评价不低，不知今日如何。（也许不少现在已印过）还有，宾四先生有一通俗的中国思想史讲话，其哲嗣钱行先生曾送我一册，当时读过，印象不错。现在一下子找不到，异日找出送上。钱行在苏州，甚博洽，您可就近联系。再有，从补缺门说，我记得前辈们常称赞一位苏菲女士（留美的）的世界史著述。这位女士本姓陈或程，是留学生中的名姝，英文名字 sophie 吧。吴于廑先生在世时常同我说起。书见过，文笔特佳。现在我要钻进图书馆去工作一段时间，才能说出意见。”

第一畅销书

有一百二十年历史的商务印书馆，出版优秀图书众多。如果问：为商务印书馆淘到“第一桶金”的是哪本书呢?

这要回溯到一八九七年商务印书馆成立，最初他们的企业定位，并未全意于出版，而以一些代印业务起步。一年后，商务印书馆看准市场需求，出版一套英文读本《华英初阶》《华英进阶》，成为商务印书馆出版的第一套书，立即成为第一畅销书。

那么商务印书馆的主持者鲍咸恩、夏瑞芳等人，何以想到要出版这样一套书呢?原因之一是商务印书馆的几位发起人均出身于教会学校，受到很好的英文教育，并且对教材使用状况有比较清楚的认识。原因之二是当时上海等地学习英文蔚然成风，所用教材都是外版书，没有中国人自己编写的英文教材。比如鲍、夏等人在教会学校使用的教材，就是为印度人编写的“读本”。因此他们产生出版“中国人自己编写的英文读本”的设想。但想归想，真正实施还需要有专家介入，由此引出一位重要人物谢洪赉。

谢洪赉的出现也非偶然，其与商务印书馆发起者鲍氏家族密切相关。此前我曾写《鲍家的传承》一文，谈到鲍氏兄弟的父辈鲍哲才，他一八四四年在宁波“崇信义塾”读书，同学中有谢元芳、郁忠恩。谢元芳是谢洪赉、谢宾赉和谢罗大（女）的父亲，谢罗大嫁给郁忠恩之子郁厚坤，郁忠恩之女郁舜英是鲍咸昌的妻子，郁厚坤是商务印书馆八位发起股东之一，最初占半股二百五十元。可见鲍、谢两家既是世交又是姻亲，请谢洪赉参与其事，也是自然的事情。

谢洪赉的出现也是必然，他七岁入私塾，十一岁入东吴大学前身“博习学院”读书，受到院长潘慎文赏识，协助其翻译书籍如《格物质学》《代形合参》和《八线备旨》等。一八九五年谢洪赉以第一名的成绩毕业，随潘慎文来到上海中西书院管理图书，一年后任教授，此时谢洪赉只有二十六岁。

不久鲍氏兄弟创办商务印书馆，并于一八九八年创意出版英文读本，因此引出谢洪赉的加盟。谢洪赉将市场上流行的十余种外国教材加以研究比较，最终选定以“印度读本”（Indian Readers）为底本，编写出《华英初阶》，以及《华英进阶》五集。二十世纪初年，谢洪赉有多篇论文如《英语考原》《英文句读之关系》和《论英文读本》，发表在《普通学报》上。可见商务印书馆“第一桶金”的成功绝非偶然，作为中西文化交流专家，谢洪赉的主持至关重要。

这套“英文读本”上市后一直畅销，一九二一年达到七十七版，直到一九四六年还在印刷。张元济曾将此书送到宫中，成为光绪皇帝学习英文的读本。不过谢洪赉对商务印书馆的贡献并非仅限于此，在二十世纪初年，如胡贻谷言：“时商务印书馆正在初创之际，凡关于译著各事，必先生磋商，……商务印书馆总编辑之名，先生虽不居之，而有其实也。”一九〇三年，谢洪赉入股商务印书馆，翌年亲自编译数理化和地理教科书十余种，还曾编纂《华英音韵字典集成》《英汉词林》等工具书。

一九〇四年后，谢洪赉开始全身心投入基督教青年会工作，著译各类中英文图书、文章二百多种。但在一九一六年，谢洪赉不幸罹患肺病，终因医治无效，于一九一九年病逝，葬于杭州西湖畔九里松，年仅四十三岁。生病期间，他还著书《免痨神方》，试图现身说法，拯救众生。

读你长大

我在《第一畅销书》一文中提到，一八九八年商务印书馆出版《华英初阶》等读本，确立企业方向，在市场上畅销，赢得大批读者。有许多文化名人回忆早年生活，都会提到自己接受英语启蒙教育时，使用的教材正是商务印书馆的《华英初阶》和《华英进阶》。

先说胡适。他在《四十自述》中谈道，一九〇四年初胡适从绩溪来到上海，在张经甫创办的梅溪学堂读书。当时胡适不通上海话，只能进入最低班“五班”，国文教材是文明书局的《蒙学读本》，英文是商务印书馆的《华英初阶》。胡适国文很好，他说有一次听国文课，老师讲“传曰：二人同心，其利断金。同心之言，其臭如兰”。老师顺嘴说道，这里的“传”是指《左传》。下课后胡适来到讲台前，私下对老师说，您讲得不对，这里的“传”是指《周易》中的《系辞传》。当时老师脸都红了，他给胡适出一个题目“孝弟说”，让他写一篇文章。胡适当即写下一篇百余字的短文，老师看后说，你收拾东西跟我来。他把胡适送到二班，也就是一天之内连升四个班。

但梅溪学堂以国文为重，对英文和算学不够重视。胡适说，在那里学习几个月，三十几页的《华英初阶》读本还没讲完，《算学》也只讲到“利息”。一九〇五年胡适离开梅溪学堂，转入澄衷学堂，结果因为他的英文和算学水平太低，被编入第五班，没有了在梅溪学堂时，一日连升四班的风光。

再说周作人。一九〇一年周作人考入江南水师学堂，他在后来的回忆文章中多次提到《华英初阶》，但所言有些含混。如《学校生活的一叶》中写道，一九〇一年夏天考入江南水师学堂，发给他的课本有“印度读本”四集，是英文读本，但它是不是商务印书馆出版的《华英初阶》呢？周作人没说，他却提到学堂还发一本《华英字典》，明确是商务印书馆出版的。对于这本词典，周作人在《知堂回想录》“老师一”中也提到：“于我们读英文有点用处的，只是一册商务印书馆的《华英字典》，本是英语用汉文注释，名字却叫作‘华英’，意思是为国家争体面，华字不能居于英字的底下。我们所领到的大约还是初板所印，用薄纸单面印刷……”一八九九年，商务印书馆确实出版过一本《华英字典》，收词四万。

再有，周作人在《知堂回想录》“我的新书一”中写道：“我们的英语课本《英文初阶》的第一课第一句说：‘这里是我的一本新书，我想我将喜欢它。’”此中“英语课本”，应该是《学校生活的一叶》提到的“印度读本”吧。后来人们认定，这就是商务印书馆出版的《华英初阶》，虽然名字也不对，把“华英”写为“英文”。

还有梁漱溟。李渊庭、阎秉华编著《梁漱溟》中写道：“(梁漱溟)一八九九年，七岁。北京出现了第一个‘洋学堂’，名曰中西小学堂。父亲便命入学。这是新派人物福建人陈鏆所办，念中文，又念英文。一九〇〇年，八岁。义和团举事，专杀信洋教（基督教）和念洋书的人。英文念不成了，并将当时的课本《英文初阶》《英文进阶》一齐烧毁。八国联军进攻北京，中西小学堂停办，遂辍学。”

周越然在《我与商务》中说，早年商务印书馆出版的书，他认为最有实用的是《华英字典》，其次则为《华英初阶》《华英进阶》。他立志：“他日倘我所学有成，定当为商务服务，定当为他编一部完备的字典或外国语教本。”后来周越然为商务印书馆编写《英语模范读本》，成为大畅销书，起点正在于此。

大师的禅意

不久前应黄永玉先生之约，我们在一个下午去黄家，谈关于出版的事情。归途中，朋友对我说：黄先生九十五岁，依然精神矍铄，才情不减，有艺术大师风度，真乃国瑞也！

黄先生艺术造诣深厚，称“大师”很是恰当；但我还喜欢他的文章，喜欢听他说故事，他独特的文思与文笔，辅以他对艺术的理解与感悟，化成文字之后，读起来是那样的与众不同。再者黄先生极为强记，几十年前的事情，都会存留在他的记忆中。每一则故事不在猎奇，而在智慧与思考。

黄永玉未满十八岁时流浪泉州，住在开元寺附近，寺内有一树玉兰花开得灿烂。一天他爬到树上采花，被一位老和尚叫下来，招呼到房间里坐坐。黄永玉心中不悦，见到老和尚在写字，说“不太好，没力气。我喜欢有力气的”。又见到桌上有老和尚写给夏丏尊、丰子恺的信，才知道老和尚是弘一法师李叔同。接着一段对话，颇似禅语：“我爸妈知道你，‘长亭外，古道边’是你做的吧？”“嗯。曲是外国的，词是我写的。”“那你送我一幅字吧！”“你不是喜欢有力气的字么？”“是的。但现在看起来，你的字好起来了。”“好吧，我给你写一个条幅，记住，四天后一定来取。”

黄永玉与朋友玩耍一周后回来，赶去开元寺，见到老和尚已经圆寂。他侧身躺在床上，像睡觉一样。写好的条幅卷好放在桌上，上面标着黄永玉的名字。条幅上写道：“不为自己求安乐，但愿世人得离苦。——一音”此时，黄永玉号啕大哭起来：“怎么不等我回来，见你一面呢？”

黄永玉与徐悲鸿有一面之缘。一九五二年黄永玉在中央美术学院任教。一次画素描，徐悲鸿前来观看，指着黄永玉的作品说：“靠里的脚踝骨比外边的高。”徐悲鸿走过去跟裸体模特聊天，那是一位七十几岁的老者，干瘦、长髯，面色像红苹果一样，徐先生说他像古希腊神话中的酒仙。他们之间的对话，再度现出禅语的意境：“您以前干什么活计呀？”“大厨房的厨子。你家！”“了不得！那您能办什么酒席呀？”“办酒席不难，难的是炒青菜！”此时徐悲鸿肃立起来，称赞此言“近乎道矣！”

还是在二十世纪五十年代初，黄永玉为齐白石做木刻，几次面见齐白石。第一次拜访由李可染引见。那天齐白石住在一个女弟子家里，早晨正在吃面。齐、黄二位对话，依然像禅语一样：“哪儿人啊？”“湖南凤凰。”“认得熊希龄熊凤凰么？”“他跟我爷爷有点亲戚，我小，没见过。”齐白石吃面，不说话。黄永玉怕冷场，指着面碗说：“这鸽子蛋很有营养。”齐白石抬头看一眼，低头继续吃面。李可染怕没听清，补一句：“他说这鸽子蛋很补。”齐白石又抬头看一眼，低头继续吃面。五六分钟后，齐白石突然朗声叫起来：“喔！力量大。”黄先生在文章中赞道：“这三个字用得实在精彩，更切合齐白石的艺术思维法则，合乎老头的文学模式。”

我赞叹黄先生的妙笔，思绪又回到前些天的拜见。他说很久以前，有人用木棍打他，他牙关紧闭，一声不吭。那天恰好是他的生日。晚上回家，夫人含泪帮他脱衣服，背心都被凝血粘在身上。黄先生说，挨打时旁边有人偷看，事后他们有一段对话，又似禅语：“为什么不吭声？”“我在数他打几下。”“为什么？”“不为什么。我小时候练过功夫，知道自己能扛过多少棍子，到五百下我就完了。”

难忘的批评

从业出版三十余年，如今静处家中，心绪淡然。时而回顾以往，多谈辉煌战绩，败走之事常常回避。其实多年编书出书，受到专家、读者批评，值得回忆之事不少。

对有格调的读者而言，烂书、平庸的书，他们会采取无视或轻蔑的态度，连批评的热情都没有；只有好书、有价值的书，他们才乐于品头论足、吹毛求疵。比如“新世纪万有文库”，读者赞扬之声很多，质疑与责骂之声也很多，且很有水准。

一九九七年《新世纪万有文库》上市，时任某报主编的王一方先生，连续写两篇文章点评。第一篇题为《船造大之后》，用笔名“涂八路”，谈到俞晓群追寻王云五《万有文库》，推出“新万有文库”，毫不含糊；但其编辑思路有“外延无边、口袋无底”之嫌，似非上策。第二篇题为《高高的桅杆》，他对第一篇的观点解道：

如今，辽教社俞晓群君，欲承王云五当年大整合旧愿，推出《新世纪万有文库》。观初集书目，内在结构更富于条理，分别为传统文化、近世文化、外国文化三系；图书水准也没有太大的起落；整理与综合的条块规律更加明显。理念上有所延宕，构架上有所梳理，改变了大丛书套小丛书的格局。不过我尚有疑问数则，献芹于此：一是文库的招牌值得反思。“万有”一词本是“千种丛书”出版计划的逻辑扩充，较偏重于商业招徕，缺乏明确的文化主旨；其初衷是以人类全部知识为范围。以系统的编次标准，广泛收罗，陆续出下去，这便成了一条“无底的口袋”，大而无边，不好操作。这也许正是王云五当年主持的《万有文库》只出两集就歇手的原因。二是文库的内容不易摆平。现当代中国文化找不到位置不说，传统、近世、外国文化三条线索的纵深感亦不尽一致，传统文化、外国文化的口袋长，近世文化的口袋短，做一段之后恐难平衡。再往深处想，人文与科技的比例是一条暗线，传统文化系列已有定说，容易处置，近世文化尤其是外国文化就需费一番心思才能摆平。三是选书的向度太多，足以歧路亡羊。载道、言志与趣味、闲话，庙堂与山林，大众与小众、流行文化与精英文化，原创与普及都是些不容易理得清、摆得平的关系。需要从知识发生学与当代知识谱系学方面寻求理性的支撑，需要对当代文化与出版进行一次清理。一句话，需要竖起高高的“桅杆”。在这方面，丹尼·狄德罗会给我们相应的启示，何不“拿来”做些思想的引子。俞君博识聪睿，自不必我辈饶舌。

王一方的批评，还是引起了沈昌文等策划人的注意。他们跟我讨论如何应对，我说一方兄给我打来电话，说道：“言语不当之处，还请谅解，但对您未来工作会有好处。”我当时日记写道：“虽无恶意，却有异议。”不久我还写一文《在高高的桅杆下》回应。

后来《新世纪万有文库》名声渐隆，批评之声也厉害很多。直到二〇一五年，《新京报》记者曹雪萍采访我和几位策划人，发五个整版纪念《新世纪万有文库》出版十周年，所谈问题多为质疑之声。问沈昌文：“据说这套书在打折销售？”沈回答：“可惜了。干嘛不处理给我呢？”问陆灏：“近世文化部分收书很杂？”陆笑答：“我们做的工作无非是摆地摊，有好货色，也有意思不多的，你挑着什么是什么。”问杨成凯：“有言辽教、晋古好刻古书而古书亡？”杨说：“有的人只看到筐里有烂苹果，并没有看清楚其他的苹果烂不烂，而正是那几个烂苹果坏了一筐苹果的名声。”

美文难忘

做出版，受到批评难忘，读到美文也难忘。在我的电脑中，存储着许多我喜欢的好文章，它们或来自阅读，或来自师友和同人的推荐。我会在这些文章的题目上，标注着阅读时的感受，诸如：有见识，文字功力极高；美文，联系作者等。

二○○二年八月，沈昌文先生转来李敬泽文章《“散文”的侏罗纪末期》，原载《南方周末》，其中提到《万象》杂志，有两个定义式的句子，让我一直记忆，其一是“《万象》虽有西仔气，毕竟是从文化上回应了这个时代”。其二是文章第三段的标题“《万象》：新文人的全球化表情”，李敬泽站在批评的视角写道：

《万象》第七期上，用长达五十一页的篇幅推出了《2002年5月10日》，在两个月前的这一天，老师布置了作业，三十四位华人文化精英都在写日记。那是一个豪华的阵容，包括汪丁丁、葛剑雄、董桥、张承志、阿城、叶兆言、李欧梵、王安忆、陈村、棉棉等等。……三十四篇日记加在一起，构成了跨越空间的虚拟社区，这里几乎没有异质的声音，除了棉棉的醉醺醺。……当然，雅集也没啥不好，否则不会有《兰亭集序》。但这个“日记”行为正好呈露了我们对散文的一般理解：散文是一种知识分子集体游戏，它无关个人心灵，它构成一个场域，写作者们在这里证明彼此原是同类。这理解再往前推，就变成了学者散文，变成谁的学问大谁的文章好。

二〇〇七年末，柳青松转来钱红丽文章《我读〈万象〉》，文字婉转顺达，妙笔不少。后来我到海豚出版社工作，出版她的《育婴记》和《低眉》。下面引钱红丽文章中三段：

讲沈昌文：我十几岁时的爱好之一，喜欢捉别人的错。《读书》里有一个大学问家，将司马光说的话硬写在司马迁名下。这叫十几岁的眼睛里怎揉得进沙子。于是，我抒信一封，对沈昌文先生说：错啦……后来，沈先生便送我一本书，以兹鼓励。

讲作者：若没有《万象》，我们又怎能知道童元方、康正果、林行止、李欧梵、苏友贞、李黎、沈胜衣、刘绍铭、郑重等先生。……还有，电影随笔学院派代表之一的毛尖博士，她在大陆读者群里的知名度源头，凭的怕就是《万象》这个平台吧。她最近出的一部电影随笔《非常罪，非常美》，大半篇章均出自《万象》。曾居英伦现居南非约翰内斯堡的恺蒂女士，曾经也是《读书》的座上宾，但，自我看《万象》起，她也嫁过来了。我手头有一本她的读书随笔——《海天冰谷说书人》，语言漂亮，卓绝翩飞。那是七八年前的书了，隐隐有霉味儿。

讲人话：我们喜欢说人话，不信鬼话、神话。倡导人性化写作，不脱衣服，不装病。我们都是三十岁的人了，不奢望飞黄腾达，却也要临水照花，心怀高远。我们容易吗？一点都不容易。还夜夜失眠，压力老大，老大。“老大”，是上海话。我们喜欢上海——因为那里是文学祖母张爱玲的故乡，是十里洋场的繁华地，是金燕西、冷清秋们热恋的地方……上海，上海，我爱你。……就是要像《万象》那样优雅，端庄，偶尔，出出轨，好比高贵的少妇偶尔趁人不备小偷一情……这就是我所认识的《万象》，一些些知识分子的端庄，一点点晚来风急的人性化。总之，他们都在说人话。

我的小数据

二〇一七年二月，新浪微博通知：恭喜您已获得“微博问答”功能，我们根据您的微博活动情况，提供您擅长的领域信息，邀请您回答问题，云云。

此后，几乎每天都有“邀请回答”的问题发来，此时我发现：所提问题有所依据，即自二〇一〇年十二月我发第一条微博，到现在已发二万多条，有近四十万粉丝。他们根据那些数据，为我制定“擅长的领域”。每当有人提出问题，符合我的特长，就会（自动？）生成提问，给我发过来。当然不是我一个人，还有受聘的其他人也会收到。归纳一下，我被认定的“领域”有：其一，我是一个书人，做出版；其二，我是一个老人，好谈经典；其三，我是一个写手，侧重点评图书与作家；其四，我是一个充满好奇心的人，但出言谨慎；其五，我是一个体育迷，偏重足篮台……这是我在微博上的数字形象，够不上“大数据”，或可称之为“小数据”。

面对微博问答，我从未发过“回答”帖子，但并非没有作答。什么情况呢？

一是我已作答，但未贴出来。比如，问“四大名著”在你心目中的顺序？如果有“第五大名著”，你的答案是哪本书？回答者很踊跃，所有可能的选择几乎占全。我的回答却与年龄挂起钩来，心中“第一位的名著”：七岁《水浒传》；十岁《西游记》；十三岁《红楼梦》；十五岁《三国演义》。心中“第五大名著”：七岁《封神演义》或《七侠五义》；十岁《聊斋志异》或《今古奇观》；十三岁《西厢记》；十五岁《论语》；以后《金瓶梅》。可见我是一个心绪不定的人，所以不敢贴出来，怕人家笑话，说我装。

二是网上高人太多，问题列出来，我刚一愣神，人家已经妙语连珠，我哪还敢再贴出来？比如：伏羲、女娲为何兄妹通婚？夏娃还是亚当的一根肋骨呢。为什么张爱玲、林徽因都不喜欢冰心？一个作，一个作秀，一个做作。张爱玲作品中的哪句话最戳心？没人回答，看来要问陈子善。为什么莫言能得诺贝尔文学奖？文学品质。为什么卢梭一生未娶？启蒙的副作用。为什么《水浒传》中人物大多惨死？施耐庵心狠手毒。为什么作家容易抑郁？自我宣扬。为什么只有小学学历的沈从文可以成为大作家？天赋与勤劳。陈梦家何许人也？一位敏感的诗人和正直的学者。有什么书曾让你通宵达旦？《穆斯林的葬礼》《活着》《钢铁是怎样炼成的》《岛》《围城》《沉默的大多数》。哪些书名让你难抵诱惑？《贝多芬的骨头》《丰乳肥臀》《一个被出卖的杀手》。何谓"绝地天通"？请读《天学真原》。佛教中有"孝"吗？任继愈说没有。四大名著中谁的离世最完美？完美不敢说，让我为之号啕的是诸葛亮之死；让我为之暗泣的是黛玉之死；让我为之心碎的是每一位梁山泊好汉之死；让我为之欢欣的是诸神不死。

三是问题出乎意料，众多回答异响旁出，时而让我笑懵，只顾学习，忘了自贴。比如：谁对孙悟空最好？《悟空传》中的阿紫。如果你是宋朝攻打梁山的官兵，你如何下手？我先杀了你。为什么武松杀嫂要撕开她的衣服？真的么？我再去看看。为什么妖怪都知道唐僧要西行取经？吴承恩通知的。为什么八戒很好色，但对女儿国国王没动心？自知之明。为什么妖怪只想吃唐僧肉长生不老，不去吃蟠桃呢？天庭把守严密，妖怪进不去。为什么曹操要杀华佗？官儿做大了，不知道死活。你真读过《二十四史》么？真的，骗你不是人。

新著到来时

今年四月某一天，接到贺畅微信，她告诉我《中国出版家·王云五》样书终于拿到，马上寄来。

闻讯我还是有些兴奋，想到二十几年来，自己学习王云五的出版思想，实践他的出版理念；想到二〇一四年春节后，自己边工作边写作，用三四个月时间，快速完成这部二十万字的著作，但此前的阅读和准备，却有十余年之久；想到交稿之后，在三年多的时间里，专家的审读，编辑的辛劳；想到自己在学识与认识方面，许多偏差和不足。如今这一切，都归于一本小书的呈现。对个人、朋友或读者而言，总算有一个交代，或许还有一点新的思想留痕。

《中国出版家丛书》是国家出版基金项目，我参与其中写“王云五传”，缘于二〇一〇年，我的一本小书《前辈——从张元济到陈原》出版，其中写十一位出版家，排在第二位的是王云五。后来《中国出版家丛书》立项，编委会希望我参加进来，写一个人物。我见到参与者都是专家名家，以资深学者居多；我身处出版一线，日常事务忙乱不堪，写点短篇杂文尚可，作高堂讲章，我还是缺乏自信。一次参加座谈会，受邀者要报题目，我一时兴起，报了“王云五”。

也是我多年研读王云五著作有些积累，还赶上《王云五全集》二十卷出版，为我的写作提供可能。但最终用这么短的时间完成全稿，我还是被自己的速度吓到了。后来我总结说，是王云五的精神激励了我，是冥冥之中某种力量的推动，其实我心里清楚，“热爱”才是第一位的动力。

此时，我想到两件难忘的事情：

一是观看人民出版社审阅书稿。我许多年前，在三联书店、中华书局出书时，曾经领教过有传统的出版社，对于书稿质量的重视。比如二十世纪九十年代，我的《数术探秘》在三联出版时，我看校样，见到三联的校对员将书稿中每一段引文都与原文核对，并且将原文的版本、页码标注在校样上，供编辑核红时确认。那时我正在辽教社做社长，我还在本社的编辑校对会议上，将三联的校样展示出来，让他们学习。如今多年过去，社会风气历经种种变化，没想到人民出版社依然保持那么好的文化传统，做事一丝不苟，确实让我感动。

记得二〇一四年九月，出版社转来丛书执行副主编吴永贵先生的意见，有七条之多，认真坦率。诸如：其一，称呼统一；其二，商务印书馆“第四次危机”的提法；其三，讲四角号码、图书馆等，与出版结合起来谈，当更好。如四角号码，商务印书馆出版许多四角号码词典，以及用四角号码编制的索引，成为出版的一部分。其四，在《教育经历》中，“博士之父”一节，似乎与出版没有关系。其五，王云五早年的教书生涯，作者提到建立的一些与出版相关的人脉关系，以及教育思想与出版实践的融通，是值得写的。王云五与张元济、胡适、朱经农、高梦旦等人，都值得专题来写，云云。凡此种种建议很有见地，让我敬佩，并将其全文收入《一个人的出版史》中。

再一是书稿完成后，我请中国台湾商务印书馆及王云五后人指教。他们阅读后希望出版繁体字版，并请曾济群先生写好一篇长长的序言。曾先生在王云五身边工作过，他称赞我对王云五先生的敬仰之情跃然纸上，由此书了解王云五，“盖万仞宫墙由此乃得入门之钥也”。他还讲到一段故事，一九七二年四月，他曾经拿着王云五先生的身份证去办事，见到“学历”一栏处，只写着两个字：识字。

到底几寸灰

前些日，见到毛尖新稿《一寸灰》，不由得一阵亢奋。为什么？说来话不是很长，但陆陆续续，也有二十多年的记忆。

最初追逐毛尖的文字与著作，起于二十世纪九十年代末，那时《万象》创刊，毛尖开笔写文章，后来在辽宁教育出版社结集出版《慢慢微笑——毛尖自选集》。接着是五年前在北京海豚出版社，策划出版毛尖的《有一只老虎在浴室》和《我们不懂电影》。

海豚社做毛尖的书，我们追求的是“牛津风度”，从引进版权、装帧设计到使用材料，都由香港牛津大学出版社总编辑林道群推荐操作。书出版后反响甚好，第二年《有一只老虎在浴室》即获得“华语文学传媒大奖散文家奖”。另外，我为《我们不懂电影》作序《让我惊呆呆呆了的毛尖》，几年过去，至今在我的微信公众号上，这篇文章的点击数还排在第一位。不是我写得好，实在是读者对毛尖的创作有着更多的喜爱和期待。

记得那两本书在海豚社面世后，我曾与毛尖约定，下一本新著还由我来做出版人。但一等就是四年，直到去年（二〇一七）我已退休，离开海豚社。遗憾之余，我还是为毛尖高兴，因为见到今年，香港牛津大学出版社有新著《夜短梦长》上市，中信与草鹭又有新著《一寸灰》即将推出，一定是她出书的大年。

更让我高兴的是，在毛尖的书稿《一寸灰》中，我又读出许多新鲜的风景，不会错，肯定是一些新奇的变化。

从小处看，全书的目录，按照文章题目的字数多寡排列，由多到少、由少到多，再由多到少，形成一个个波浪的形状。毕竟是散文集，毛尖可以不考虑其他因素，随性排列文章的顺序。只是这小小的文字游戏，让人窥见作家点滴的性情与放松。

从大处看，书名貌似费解，实则取自李商隐一首《无题》诗句中："飒飒东风细雨来，芙蓉塘外有轻雷。金蟾啮锁烧香入，玉虎牵丝汲井回。贾氏窥帘韩掾少，宓妃留枕魏王才。春心莫共花争发，一寸相思一寸灰。"毛尖说，这最后一句诗的英文版也很漂亮，one inch of love is an inch of ashes，什么意思呢，让《纯真年代》的作者伊迪丝·华顿来解释吧。

接着，毛尖请来张大春手书书名，她称大春是朋友圈里的梅长苏（《琅琊榜》），有春体“一寸灰”壮胆，此书就敢在春天出门。

最强劲的大招是“序言”，毛尖请来袁筱一，就是那位十八岁时用法文写小说《黄昏雨》的传奇，获得法国青年作家大赛第一名。后来成为翻译家，翻译过米兰·昆德拉《生活在别处》，卢梭《一个孤独漫步者的遐想》。

说来毛尖还是袁筱一的师姐，袁筱一说毛尖的文字既“快”且“痛”，有魅力，她总是“满怀深情地看待生活”。毛尖说袁筱一的《黄昏雨》中有一句话至今传唱：“忠于真理，真理欺骗我们；忠于爱情，爱情毁灭我们。”而这些年，袁筱一翻译卢梭、昆德拉、勒克莱齐奥、安德烈·高兹等人作品，多多少少关乎那反复要毁灭我们，但反复让我们迎上去被毁灭的爱。所以，袁筱一手里一定握着“几寸灰”。

且不说毛袁二位手上各有多少灰，她们由灰回到相思，再到爱情，袁说，毛尖的观点用小津安二郎的电影解说最合适，即“爱的最终魔法，是摒弃所有的手法和表演”。毛说，小津电影中笠智众“就是我们找了半辈子的男人”。这正是毛尖新著的新主题：谈爱。

终于谈爱

前文《到底几寸灰》，谈到毛尖新著《一寸灰》即将出版。文中回忆我与毛尖的编创交流，品评这部书稿的诱人之处，其实还有一个现实版本，那就是我叹道：“毛尖终于谈爱了。”

真是这样么？无论赞同与否、真心假心，我是认定毛尖的思想变化。散文、杂文、随笔、影评，长长短短，东西无照，南北游离，读下去都是幌子，一条爱的暗河在流动，像一缕丝线，串起毛尖这一波文章的思想况味。

谈爱，先批评非爱与不爱，也是高人一贯的套路。

《华尔街之狼》，毛尖说，感觉要整一部美版《金瓶梅》。主演小李子的华尔街生涯，充斥着毒品、妓女、传销、毒品、妓女、传销。结果不但小李子没拿到小金人，还被一位奥斯卡评委大骂导演“你无耻”。毛尖说，这一次电影写作，有佳句，没佳构，导演试图通过这场风月宝鉴揭露资本主义的腐朽本质，最终迎来资本主义的莞尔一笑。那样的品味，肯定不会让西门庆点赞。

《五十度灰》，毛尖说，早听说是一部烂片，但她还是想认真看一看，好莱坞面对“千年淫欲”如何推陈出新。结果呢？“Duang，我和全世界的观众一样，再次被自己的淫欲扇了耳光。……这部被香港翻译成‘五十道色戒’的爱情动作片，一道《色戒》的影子都没有。”我还知道，《五十度灰》这样的翻译，实在玷污了“灰”字在毛尖心中的洁净与高尚。

《爱是种危险的劣势》，这是毛尖文章的题目，也是她对爱的定义。《罗马假日》中赫本迷迷糊糊背诗，“如果我死了葬在地下，听到你的声音依然会心中欢喜”，引起派克好感；《乱世佳人》郝思嘉乱扔东西，勾起白瑞德之爱……如此无厘头的故事太多太多，而伟大的爱情即构建于此。结论：“爱情终有死伤，孤独是最好的保护。”

完了，这样的爱情观。没完，在毛尖笔下，终于有了赞誉。谁呢？小津安二郎的电影，电影中的人物：笠智众。

《晚春》，表达着一种“节制的爱”，那是最稳定的爱，无论是爱是欲，都是你中有我，我中有你。毛尖说：“在小津（安二郎）的电影中，没有什么比一桌家常的饭菜更抒情，一碗米饭一杯酒，笠智众在小津电影中一辈子的话，加起来没有王宝强在一部电影中的多，但谁都会跟文德斯一样，宁愿在小津的地板上睡一辈子，因为去除所有的花拳绣腿，爱欲变成一种不需要修辞的实在，它是自己的能指和所指。”

《住到笠智众家中》，这是毛尖文章的题目，她写道：希望笠智众“以生活的名义收编我们，生活千手万手，他是观音；道路千条万条，他是罗马，他让我们明白，爱的最终魔法，是摒弃所有的手法和表演。这是小津电影的真谛，我也把它看成最高形式的爱”。如此赞誉，为什么？毛尖说：“他就是我们找了半辈子的男人。”

《我连你爹的祭日都不记得了》，这也是毛尖文章的题目，还是小津电影中的台词。毛尖由董卿《朗读者》领着全国人民流泪，想到情感的节制，说到当年李斯特弹钢琴，让他母亲听出感情，上去就一个耳光；我们今天的文艺，恨不得自打耳光让我们动感情。此时想想歌德的告诫：要做出大事，须得节制力量。最终，毛尖说：“岁月流逝，所有的东西都会消失殆尽，但如果你曾经尝过灰的味道，垂暮之年也会在瞬间让你年轻起来，换句话说，你离场人间的时候，至少手里还有‘一寸灰’。”

黑无常

六月十三日早晨，我的好朋友王辉在睡梦中告别了这个世界，今年刚刚五十四岁。闻讯我的心中一阵揪痛，泪下，口中却默念着：大辉的性格。

我与王辉相识二十多年，他一直从事沈阳日报副刊编辑工作，我们之间的交往，始于工作，交于同好，终于他的一生。

二十世纪八十年代初，我从数学系毕业，喜欢写文章，起步于科普创作；后来写书评、随笔，介绍自己编的书，开始与王辉来往。那些年，我的几篇重要文章如《无法忘却的纪念》《读孔的奇趣》《书之爱，父之爱》发表，都有王辉的支持与鼓励。尤其是本世纪初，我的工作变动，当时心情不好，曾写《那一缕书香，怎消得孤独寂寞》，回忆编辑《书趣文丛》的往事，王辉立即编发此文，还写一篇《俞先生的十八声叹息》与我唱和。

那些年，我从沈阳到北京，编书三十多年，起起伏伏，但王辉与我的交流从未间断。他懂书，爱书，爱好书，一直在他的版面上评介新旧图书的动态。那么，他最喜欢我编的哪些书呢？是《书趣文丛》和《万象》杂志，还有《新世纪万有文库》《海豚书馆》《英华沉浮录》和《海豚小精装》。记得二十世纪九十年代我在辽教社工作，曾经规定，凡是有人写辽教社图书的评介，社方收到样报后，还会再付一次稿费。王辉经常推介我们的书，但他对我说："我不要稿费，你只要送我喜欢的书就可以了。"

去年（二〇一七）末，我在《辽宁日报》写文章《书友》，谈到有朋友说，一个人到五十岁年龄，他的朋友圈不再轻易接受陌生人，一是好朋友已经不少，足够他一生享用；再一是来日时光有限，再深交好友的机会已经不多。因为时间是一个常数，朋友相交，五年只是了解，十年则为深交，二十年才是一辈子的朋友。回忆我半生结交朋友，文中列举的第一位，就是王辉。我赞美他的著作《我的家园》和《三好集》，"前者文字平和、脱俗而淡泊；后者则以文字老道而回报流年碎影的磨砺"。我感叹我们之间的交往如山间溪流，清澈如许，只是一句"可以唱和"而相会终生。

没想到此时，一切都已成为绝唱。在晨曦微露的时候，他一个人悄悄地隐入平行宇宙，飘离间，他排空驭气，或许回望五十四年的栖身之处，冷观、感叹，依恋……在临行前几天，他转载我的文章《到底几寸灰》，还写道：“如果说，小津（安二郎）电影中，笠智众是我们找了半辈子的男人，那么，原节子，就是我们找了一辈子的女人。”

王辉离去的那一天傍晚，一位好友打来电话。他说：“昨天深夜出差回到沈阳，一时雷雨大作，惊天动地。老话说，老天又要来收人了。没想到我们的好兄弟就去了。”上午，他来到王辉家，见到书架上熟悉的汪曾祺、沈从文、董桥，见到辽教、海豚、辽人（辽宁人民出版社）种种版本，还见到王辉的两本著作，他感叹：“一个文人遽然离世，他的音容笑貌很快会淡去，只有他的两部著作，还会在同道中留存很久。”

这一夜我竟然失眠。想到王培军《鬼董》中写道，小时候母亲带他半夜走过一道山沟，黑暗中见到一个长人，穿着白衣白帽，从他们身边迈着大步走过。乡间传说，那是白无常，大名谢必安，敬重他就会平安无事。但是，如果遇上黑无常，大名范无救，就麻烦了。我不信鬼神，也不对未知的事物妄下结论。不过我相信，王辉那么好的读书人，此一去必是大安了。

三十七度

一入六月份，北京持续高温，每天摄氏三十七八度，地表温度也有五十度不止。

我养的一只金毛欢欢，属于长毛型，生于非典那一年，男，直立身高一米五强。性格好动，年轻时经常扑小女生的后肩，用大嘴将人家的头绫子撸下来。欢欢平生追求，试图打开各种门锁：带横执手的门锁不在话下，他站起来，用大手一拍横执手，那门就开了；他最恨球状的门锁，需要用牙齿咬住旋转，执手圆滑，他一生也就打开过几次。这一天欢欢从睡梦中醒来，三十七度的天气，迷迷糊糊，他跑出来遛弯儿，没想到石板路被晒得如此烫脚，欢欢一路跳着舞步，屁颠屁颠地跑回狗房。嗯，狗房也热。他只好使出毕生绝技，张开大嘴，咬住球状把手，用力一扭，门开了，他低声欢呼着钻进空调房间，趴在那里不再起来。

突然天空中飘来一片黑云，乡下的老辈说：“P 在 S 前，风在雨前”，大风刮断小树，伴着一阵霹雳，天地漆黑一片，大雨瞬间落下。不一会儿浓云裂开，一缕灿烂的阳光放射出来。

此时我坐在窗前，望着外面那棵高高的银杏树，上面有一个巨大的喜鹊窝，从去年（二〇一七）晚冬到今年春天，我亲眼见到两只喜鹊，它们在几棵大树上选来选去，先选路边的一棵泡桐，路人太多；又选一棵法桐，枝条不够茂密；最终选中那棵银杏树。两只喜鹊在上面亲热、呼唤，开始做窝，它们还将前面两棵树上，试验摆的枝条一根根衔过去。开春时大窝建成，每次暴风雨来临，我都会担心大窝的安全，但任凭大风吹得银杏树东倒西歪，那窝与大树浑然一体，丝毫无损。我想两只喜鹊做窝时，一定预算到未来会有几级风暴来临，不由得赞叹天公造物之美。

我想到在乡下时，冬春之际青黄不接，我们只能到干黄的荒甸子上，用铁丝耙子搂茅草（毛毛烘），一筐茅草做不熟一顿饭。村里的二牛不屑与我们去搂草，他爬上高高的大树，去端喜鹊窝，每次引得喜鹊喳喳大叫，啄伤他的手。喜鹊窝都是上好的干柴，一背筐放不下，几天烧饭都用不了。那时我们真佩服二牛，此刻看到喜鹊的辛劳，自然的和谐，竟然满心羞愧。

天色豹变，都是三十七度惹的祸。那一场雷暴引来危险：大喜鹊蹲在窝口，怕小喜鹊掉下来，结果自己不慎被冰雹打中头部，昏落到地上。过一会儿大喜鹊苏醒过来，它抖落一下翅膀，飞回窝里。但一只小喜鹊却跑了出去，它沐浴着雨后灿烂的阳光，从一个树枝跳向另一个树枝，从一棵树跳向另一棵树。突然望见一潭清澈的湖水，它从没见过那样美丽的景色。水中还有小喜鹊的身影，它以为是同伴在那里玩耍，就扑了下去，结果再没回来。

此时我又想到，人的正常体温在三十六度。我家中的老人九十岁了，一直在与衰老与疾病斗争。我们最害怕护理员说，体温又超过三十七度了。立即要忙着找医生，用降温药。人生多美好啊，我们一定要坚守三十七度的底线。

此时我依然坐在窗前，跟欢欢一起读史。读到二千五百年前春秋时期，也会这样突降大雨，突发大水。读到两千年前汉代，刘向刘歆父子争论，春秋灾异，到底是大雨还是大水呢？读到一千年前宋代，欧阳修嘲讽刘向刘歆不通常理，“父子之言自相戾”。如今，我还在傻傻地问：刚才那一阵天地翻覆，到底是大雨还是大水呢？

沈昌文近况

明年（二〇一九）沈昌文先生就八十八岁了。

记得二〇一一年八月，我们为沈公做八十寿，祝他从事出版六十年。那次活动宾朋满座，央视读书节目的李潘主持，腾讯网络直播，沈公新著《八十溯往》首发，连蛋糕都做成书的形状。

事后余兴未尽，一次跟沈公喝小酒，他突然抑郁起来，半开玩笑地对我说，以后不要再过生日，我总觉得那一次欢聚之后，人就变老了。此后七年过去，我每次张罗祝寿他都拒绝。没有办法，我只好每年为他出一本书，八月到上海书展签售，有《也无风雨也无晴》《师承集》《师承集续编》《阁楼人语》；上海书店也有《任时光匆匆流去》。沈公喜欢热闹，采访、对话、签售、喝酒，他每次发言都中气十足，目光中闪烁着青春的火焰。

去年（二〇一七）八月中，在上海书展签售《阁楼人语》新版回来，我告诉他，下月我会离开海豚出版社，他愣了一下，小声叹息："连晓群都退休了。"前不久海豚为《阁楼人语》在京搞读书活动，他问我会来么？不待我回答，他又去说别的话题。事后作为嘉宾的谢其章、徐时霖二位先生写文章，谈到沈公昔日的辉煌，谈到与沈公名字相连的三联、《读书》、辽教社、《万象》、海豚社、海豚书馆；谈到旧日的时光不可追回，人们的记忆迅速飘散……

今年（二〇一八）五月下旬，沈公的女儿沈双从美国回来，王强请他们全家吃饭，我作陪。沈双说六月下旬会带着爸妈去美国度假，要两个月。我当时就想，今年上海书展，沈公去不成了。几天后我去上海，上海的朋友王为松等还问我，今年还搞"两海"活动么？沈公还会来么？我说沈公要去美国，可能来不了了。我一定会来，朋友的好书如王强《读书毁了我》、韦力《琼瑶集》、陆灏《不愧三餐》、毛尖《一寸灰》，各种版本都有活动展示。还有我的一本小书《书香故人来》，大约也会印出来。沈公赐序，称我为"壮汉"，那是相对而言。每次分别时熊抱沈公，总会有朋友开玩笑说，轻点，别抱坏了。

沈公预定六月二十三日飞往美国，临行前陈冠中、于奇请客，我又作陪。我对沈公说，八月上海书展您赶不回来了？沈公装出一副无所谓的样子。我也不敢多说，二〇一六年他去美国，我为他饯行时开玩笑说，沈公别去美国了，北京多好玩儿啊？他当时就说，好，我本来就不想去。沈双使劲儿摆手说，我好不容易劝他去，可别撩他。

换个话题，我说明年沈公满八十八岁，我们搞一个活动吧？这一次很奇怪，沈公竟然没反对，大家也都应和着。怎么搞呢？上海书展一定要去的，那要出一本书，什么书呢？一时谁也没说出来，大家一起帮我想一想。

沈公的夫人白大夫是阜外医院的心脑血管病专家，在“向阳湖干校”做过医生，如今八十几岁还出诊。有一次沈公来海豚，坐着看书到下班，我说去喝一杯啤酒？他说不行，要去阜外医院接白大夫回家。且说饭桌上的人都六十岁左右，沈公的活动没谈好，开始向白大夫问诊，她说前不久一次高血压国际会议，推荐了几种高血压药物，排在头几位的是什么什么；还有叶酸、他汀、Q10、B 族要记着吃。临行前白大夫还托人送来方子，她老人家也是八十七岁了。

从北京到纽约十三个小时，我们都很担心。没想到第二天沈双发来沈公照片，安全到达，状态很好，正在美国房前的木台上扫地呢。

后　记

二〇一二年二月，我应张清兄之邀，开始为《深圳商报》撰写专栏文章，一直写到二〇一八年九月止，大约有七年时间，每周一篇千字文，几乎从未间断过。在这段时间里，我每两年开列一个专栏题目，写满一百篇文章后，以专栏题目作为书稿的题目，结集出版一本小书。然后更换一个专栏题目，再继续写下去。此前已经出版的著作有《可爱的文化人》《我读故我在》。写到二〇一六年，我已经年满六十岁，故而心有所感，更换专栏题目为“六十杂忆”。没想到写至第三十八篇文章时，这个专栏题目因故停了下来，更换为另一个专栏题目“书后的故事”，继续写下去，此后又写了五十四篇文章。至此，我在《深圳商报》的专栏写作终止。回想自己能在一家报纸上，经历如此漫长的写作生活，实在值得一生记忆：记忆那些热情的读者，记忆那些熟悉而负责任的编辑、记者陈溶冰女士等，记忆我每周坐在电脑前笔耕不辍，背负一点压力，但辛劳之中充满快乐的日子。

二〇二〇年初，我将两个专栏题目的九十二篇文章集合在一起，构成一本小书，取其中一个题目“书后的故事”为书题。按照惯例，我将书稿发给沈昌文先生。多年以来，我的著作都是请他老人家赐序，收集起来，共有十三篇之多。为此我还曾自编一本小册子《沈公序我》，以示感念。此次再请沈公作序，如果完成，那就是第十四篇了。当时正值新型冠状病毒疫情爆发，沈公年近九十，不敢再出来游逛，我们大约有八个多月见不到面。直到八九月份，疫情缓解，才有了小聚的机会。见面时我们拥抱在一起，老人家伏在我耳边说：“你的那本小书，我的序言基本写好了，过几天发给你。”此后一段时间里，沈公的身体状态一直不大好。没想到几个月后，即二〇二一年一月十日，老人家溘然长逝。今年六月，沈公的小女儿沈双从美国回来，我们一起策划出版《沈昌文集》，我提到请沈双在整理沈公的资料时，看一看是否有那篇“序言”在电脑中。沈双翻遍沈公的文件，找到了我发去的书稿及邮件，却没有找到沈公拟写序言的文字。

现在这本小书就要付印了，值得欣慰的是，毛尖为我的小书写了一篇极好的序言，阅后让我深为感动。能够得到她那支当代最优秀、最智慧、最犀利、最深刻的笔，真切地刻画一下我的灵魂镜像，此时我内心的感受，当然是一件十分快慰的事情了。此时还要感谢余佐赞、刘裕、朱立利、董熙良、蔡君音、王瑞松等诸位的支持与帮助。

记于辛丑年七月十九日